Kadokawa Fantastic Novels
為美好的世界獻上祝福！15
邪教症候群

「佐藤和真。
和魔王軍交易吧。」
「……和真。
我不知道你到底在煩惱什麼，
不過那是為大家設想過才做出的決定對吧？」
賽蕾娜
和真

惠惠
「……這個城鎮是不是
不需要我這個女神啊？」
「這也是你思考過很多
才得到的結論吧。」
阿克婭
達克妮絲

「……佐藤和真先生。
你覺得被送到這個世界來是好事嗎？
會不會感到後悔？」

「有什麼好後悔的。
我很慶幸能夠來到這裡。」

5th Anniversary
lations!!!!!

KONOSUBA!
Congratu

為美好的世界獻上祝福！

邪教症候群

CONTENTS

為美好的世界獻上祝福！15

邪教症候群

暁 なつめ
illustration 三嶋くろね

Kadokawa Fantastic Novels

Character
克婭
職業 大祭司
任誰都無法控制的水之女神。專長是宴會才藝。
和真
職業 冒險者
尼特主角。優點在於幸運值之高。
達克妮絲
職業 十字騎士
司防禦的受虐狂女騎士。
實是大貴族家的千金。
惠惠
職業 大法師
紅魔族首屈一指的天才。只對爆裂魔法有興趣。
點仔
爵爾帝
賽蕾娜
魔王軍幹部之一。黑暗祭司。
維茲
在阿克塞爾經營魔道具店的老闆。是個和平主義者卻也是巫妖。

序章

眼前是一如以往的光景，一如以往的日常。

「和真先生和真先生，幫我拿一下醬油。」

「拿去。」

不同於早起的惠惠和達克妮絲，我和阿克婭正在吃有點晚的早餐。

我把醬油遞給阿克婭之後，她說了聲謝謝，同時——

「喂，妳剛才稍微碰到裡面的醬油了對吧。」

「沒碰到。」

一方面是因為醬油瓶的形狀不好，這個傢伙在滴醬油的時候，有兩成左右的機率會不小心碰到醬油將其淨化。

「沒碰到的話妳就把醬油倒下去看看啊。裡面不是清水的話應該不至於難以下嚥吧？」

「……吶，和真，你為什麼老愛說那種壞心眼的話啊？我們都已經相處這麼久了不是嗎？既然如此，你應該知道現在是什麼狀況才對吧？」

阿克婭露出柔和的笑容，看著烤魚這麼說。

「還不是因為妳動不動就把調味料變成清水，我才會說這種話。快點啊，如果裡面還是醬油妳就淋到魚上吃下去啊。」

「淋就淋啊！什麼嘛，不過就是稍微把調味料變成清水而已嘛！這樣更能夠品嚐到食材原本的味道，肯定好吃啦！」

「……妳有話要說嗎？」

阿克婭在烤魚上淋了一點水，自暴自棄地大口一咬。

「…………我等一下去買醬油就是了，請和真先生把手邊的鹽罐給我……」

帶著傷心的表情接過鹽罐之後，阿克婭大撒特撒了起來。

就在這個時候。

「啊——！你在幹什麼啊，那是我的魚！快點還來喔，妳這頭野獸！」

點仔靠過去偷走盤子上的魚，惹得暴怒的阿克婭站了起來。

叼著魚的點仔來到我的腳邊，這才瞟了阿克婭一眼。

「……看來這個孩子把我看得比他低呢。和真，你閃遠一點。是時候該讓那顆漆黑的邪惡毛球認清這個家裡的階級順序了！」

「現在是怎樣啦，吃飯的時候可以靜下來好好吃嗎……」

點仔打了一個大呵欠之後大口吃起那條魚，而氣得眉毛倒豎的阿克婭攻了過去。

「好痛！這頭魔獸是怎麼回事啊，竟然膽敢抓我這個女神的柔軟肌膚！很好，我就在這裡解決你……好燙——！」

被爪子抓我可以理解，不過是要怎樣才會尖聲大喊好燙啊？

儘管有一點點好奇，我還是沒有看向那對一人一貓，繼續吃飯……

「吶，和真，不得了了！這頭魔獸剛才吐火了！」

「喂，妳住手喔，不要在我喝味噌湯的時候搖我——而且我之前不就說過了嗎，那個傢伙會吐火烤魚啊。」

我表現出一副「事到如今還在說什麼啊」的態度如此表示，似乎對點仔感到害怕的阿克婭就拉開了距離。

「原來如此。第一次遇見這個孩子的時候我就覺得牠不是普通角色，果然沒錯！……看見了，我看見了……！沒錯，我確實看見牠的真實身分了！」

我在心裡想著「妳總算發現了啊」並繼續吃飯，阿克婭卻不時偷瞄我。

「妳的真實身分就是……沒錯，是個非常惡魔的傢伙！夠了，乖乖讓我聞！在本女神的嗅覺之下，惡魔的氣味無所遁形！」

儘管嘴上這麼說，阿克婭還是不停偷瞄我，看來是對於能否識破點仔的真實身分沒什麼自信。

「我也不是很確定那個傢伙的真實身分喔。所以妳自己決定正確答案吧。」

「……聞了一下味道也沒有惡魔的臭味呢。明明是隻貓卻有肥皂的香味是怎麼回事啊？吶，那條魚給妳就是了，妳偷偷把自己的真實身分告訴我嘛。」

阿克婭在啃著魚的點仔面前彎下腰，一臉認真地對牠這麼說。

「喂，不要一直在那個傢伙吃飯的時候騷擾牠，否則牠一生氣就會……」

「哇啊啊啊啊啊啊——！住手、住手！我知道了，我不追究妳的真實身分就是了，不要啃我的寶貝羽衣！」

看著不聽忠告而開始遭受點仔攻擊的阿克婭，我細細品味著不變的日常。

「…………真是和平啊——」

「哪裡和平了啊，臭尼特！晚餐的配菜我分一點給你就是了，快來阻止這孩子！」

願聖女遭逢天譴！

1

身為魔王軍幹部的黑暗祭司，賽蕾絲迪娜。

照理來說像我這種原本是尼特的冒險者，再怎麼樣都贏不了這種對手。

但我現在正和那個被維茲揭穿真實身分，又被巴尼爾搶走所有財產的可憐幹部，一起蹲在人煙稀少的空地上。

——賽蕾娜對我舉起手，伸出食指和中指不斷開合。

我不懂賽蕾娜想表達什麼，於是她便以煩躁的語氣對我說：

「菸啦，菸。那麼惡名昭彰的你總該有菸吧？來一根好嗎，來到這個城鎮之後我都在裝乖，所以一直沒抽。」

「沒、沒有，我沒有菸。」

這個世界的菸是怎樣的菸啊？

我想再怎麼樣都不會是一根一根捲好的紙菸，大概是煙管之類的吧。

應該說這個女人是小混混喔。

原本是繭居族的我在面對這類人種的時候，不知為何講話時都會不自覺地客氣起來。

面對同樣是小混混的達斯特他們時就不會這樣，到底是為什麼呢？

聽了我的回答，賽蕾娜低著頭煩躁地亂抓頭髮。

之前的清純形象已經蕩然無存了。

不久之後，賽蕾娜重重嘆了口氣。

「事到如今再怎麼蒙混也無濟於事了吧……我是魔王軍幹部，負責謀略與諜報的賽蕾絲迪娜，也是尊崇掌管傀儡與復仇的邪神蕾吉娜的黑暗祭司。」

「自己說自己崇拜的神明是邪神啊。我還以為宗教方面的人都會說自己的神祇是絕對的權威，說別的宗教才是邪教呢。」

聽我這麼說，賽蕾娜忽然抬起頭來。

她的神情和剛才截然不同，陰沉而冰冷，如同人偶一般面無表情。

因為長相標緻，突然露出那種表情令人非常害怕。

……等等，剛才因為有維茲和巴尼爾在，害我完全放心了，不過仔細想想，我現在是在沒有像樣裝備的狀態下，和魔王軍幹部兩人獨處耶。

喂，這樣不太妙吧。

「這個嘛，我們家的神明掌管的可是傀儡與復仇耶，不是邪神還能是什麼啊。」

說著，她露出清純的笑容，與粗暴的言詞正好相反。

不愧是侍奉掌管傀儡之神的人，知道真實身分之後，她的笑容現在看起來就像是掛在人偶臉上的虛偽笑容。

說出平靜的話語時給人柔和印象的那張笑臉，和現在的狀況完全搭不起來。

眼前的幹部只要想殺我隨時都能下手，面對這個狀況，儘管心中冷汗直流，我也沒有表現出來，保持著平靜。

「傀儡啊……難不成淨化魔法解決不了的那些墳場的喪屍也是……」

「對啊，是我是我。那些不是喪屍，是我的傀儡。超辛苦的，我還得在大半夜從墳墓裡把屍體一具一具拖出來。那些是我用邪神的力量操縱的普通屍體。在其他祭司無計可施的時候，由我出手解決……為了盡快獲得冒險者們的信賴時，我經常用那招。」

這個傢伙還真不是什麼好東西。

不對，或許應該說不愧是魔王軍幹部。

「……那妳剛才說的那些，美少女因為詛咒才變成魔王之類的是……」

「啊啊？你真的相信那種故事喔？碰到可能成為魔王敵人的實力堅強的冒險者，我就會先告訴他們那個故事。告訴他們不需要冒險犯難去打倒魔王，用不著那麼努力，等到時間過去之後，少女身上的詛咒就會解開，魔王隨之消失，世界恢復和平。只要灌輸了這個概念，大部分的人都會變得安分。畢竟任何人都想明哲保身。給了他們不用以身犯險的藉口之後，他們就會選擇比較輕鬆的選項。」

這種訴之以情的手段未免太骯髒了吧。

事先聽說魔王的真面目原本是美少女的話，真正到了與魔王對峙的時候，或許也會有人因此猶豫吧。

不愧是負責謀略的魔王軍幹部，手段有夠奸詐。

真想叫她把稍微聽信於她的我的感動還來。

「不過，妳為什麼要告訴我這麼多啊？多虧有巴尼爾和維茲的協助，讓我識破了妳的真實身分，不過妳把自己的伎倆對我開誠布公到這種程度也讓我覺得有點那個……」

聽了我的疑問，未曾收斂起笑容的賽蕾娜對我說了。

「沒什麼，只是覺得再說更多謊只是讓自己更痛苦，不如說實話試圖和你交易……我觀察過你最近的言行舉止，不過還是完全不知道魔王為什麼會覺得你很危險……我就直截了當地問了喔，你只是個不想工作的普通尼特對吧？」

「完全無誤。」

對於賽蕾娜的發言，我如此秒答。

「你沒有想過要為了人類而賭上自己的性命去打倒魔王對吧？」

「那當然了。」

我再次秒答。

「……在你不知道的地方，有素昧平生的陌生人因為魔王軍而受苦受難。當你這麼聽說的時候，有什麼感覺？」

「是很可憐啦……」

我一邊用小指挖耳朵，一邊心不在焉地這麼回答……

「…………」

見我對於所有問題都秒答，賽蕾娜板起臉孔，面無表情地注視著我。

……她明明面無表情，我卻覺得她好像在蔑視我。

說穿了，還住在日本的時候也一樣，即使聽到貧困的小孩們在現在這個當下的處境如何如何，我既沒有義憤填膺的感覺，也不覺得自己該採取行動。

我想，即使還住在日本的時候我有一大筆錢，大概也不會想到要拯救遠在地球的另外一邊的陌生孩童們吧。

不過，這也不是我特別殘酷，一般的日本人都是這樣想。

……都是這樣想。

……都……

「……不好意思，我想不只我這樣，絕大多數的人都會和我有一樣的反應，所以可以不要擺出那種表情嗎？」

「咦！啊、啊啊，抱歉。之前我問類似問題的時候也有人給過同樣的回答，不過像你這樣既不遲疑也不猶豫地秒答的男人我還是第一次碰見，所以……」

賽蕾娜的表情沒有變化，但顯得有點慌張。

「……魔王吩咐我來調查這個讓好幾名幹部消失的城鎮，以及名字出現在許多地方的男人……經過調查，發現所有事情的中心人物都是你。除此之外……」

「請等一下，全部推到我身上讓我無法接受。真要說的話，我一直都只是被捲入事件當中才對。」

「沒錯，除此之外，對於你的那種個性我也調查得很清楚了。」

這麼說完，賽蕾娜露出笑容。

「佐藤和真。和魔王軍交易吧。」

「哦。」

依然坐在地上的賽蕾娜表示：

「其實是這樣的。因為某人的緣故，長期以來陷入膠著狀態的魔王軍與人類之間的戰況最近不斷變化。由於已經有許多幹部遭到討伐，魔王城的結界好像也差不多快要崩潰了。」

「哦哦。妳所說的某人，不用猜也是我對吧？」

「……是、是啊，就是你。幹嘛擺出那副跩樣啊，你囂張個屁。」

賽蕾娜說完斜眼看著我。不過這樣啊，原來我已經是那麼了不起的男人了啊。

「原來如此，所以魔王軍正面臨相當嚴重的危機嘍。要是魔王軍幹部的那個結界消失了，戰鬥民族紅魔族就會連日連夜用瞬間移動魔法去襲擊你們。」

「老實說的確是不太妙。不過，你們人類陣營也一樣喔。」

……嗯？

「直到不久前，都還有很多過去名不見經傳，超乎常理的強者會不知道從哪裡冒出來。每次出現那樣的人，我們就會大吃苦頭……然而，大概是從我們的占卜師感覺到這一帶出現奇怪的氣息的時候開始，那些自以為是勇者，名字又怪異的傢伙就突然不再出現了。」

她所謂的超乎常理、名字怪異、自以為是勇者的傢伙，恐怕是和我一樣從日本被送過來的那些人吧。

而這樣的人突然不再出現了。

…………………啊。

「……？怎麼了？幹嘛自己露出那種想通什麼似的表情……怎、怎麼了，為什麼突然驚慌失措了起來？……算了。所以說，我們想和你談個交易。」

關於新的外掛強者不再出現的理由，從時期來判斷，也讓我覺得完全和自己脫離不了關係。

是因為我把阿克婭帶到這個世界來的關係嗎？

不對不對，那個傢伙的工作應該是由繼任的天使接手了才對。

那個天使感覺很優秀，應該工作得很認真才對。

這件事情與我無關。我如此催眠自己，佯裝平靜。

「怎、怎樣的交易？」

「你的聲音都拔高了喔。到底是怎麼了啊？」

儘管對舉止可疑的我有點掛心，賽蕾娜依然開了口：

「我說，你加入魔王軍吧。」

她說出這種話，語氣輕鬆得像是在邀請我加入社團還是什麼似的……

「………………啥？」

這個傢伙剛才說什麼？

「『啥？』什麼啊。我叫你加入魔王軍啦……我看得出來。你是比較接近我們這邊的人類。」

喂，別亂說喔。

「別瞧不起我喔。我的風評確實如同妳的調查結果所示，世間都說我鬼畜、不是東西、尼特、蘿莉控什麼的。」

「不，最後那個蘿莉控我沒聽說。」

沒有理會賽蕾娜的發言，我站起來握緊拳頭說：

「比起別人，我或許是有那麼一點廢……沒錯，反正我有的是錢，剩下的人生我想在色色的店預約一輩子的服務，任出對我有好感的隊友們奉承我、溺愛我，舒舒服服度過生涯。偶爾做點無謂的浪費之舉，或是平白無故大撒銀票包下公會的酒吧一整天讓大家不知所措之類，儘管我在想的都是這些事情……」

「……你是個超乎我所想像的廢人呢。」

我高舉緊握的拳頭，激動地暢談。

「不過就算是這樣的我，也有微小的良心與正義之心。即使在我不知道的地方有哪個陌生人碰上困難，我也不打算多加理會。但是，如果眼前有人向我求救，我也沒有渣到會置之不理……我知道你們想要我的力量，你們的心情我可以體會。然而，我並不打算與照顧過我的人們為敵！」

「……不，我沒有說到想要你的力量那麼誇張……」

…………

「那是怎樣，妳不是因為害怕我強大的力量才想拉攏我成為同伴之類的嗎？」

「並不是。在我看來，你是可以置之不理的人。可是，我剛才也提過了吧，那些名字怪異的人突然不再出現了。」

賽蕾娜突然起身，猛然把臉湊了過來。

「這些名字怪異的人呢，有個說法是，他們可能是眾神派來的使者。」

就是這樣。

……不過我當然沒有說出口。

「然後，之前像雨後春筍一樣不斷冒出來的那些傢伙突然不再出現了，而你是最後一個。簡直就像是眾神想表示只要有你一個人就夠了似的。魔王那個傢伙還認為，你就是童話故事當中提到的那個傳說中的什麼東西之類的男人呢。」

在我帶阿克婭來到這裡的同時，不知為何外掛組不再來到這個世界，並且討伐了魔王軍幹部的成員當中也不時會出現我的名字。

原來如此，這樣任何人都會提防我吧。

好討厭的誤會啊。

「我的精神力可沒有強韌到能夠去魔王城在怪物的包圍之下過生活。幫我轉告魔王，我並不是那麼了不起的傢伙。只是運氣很好，每次你們的幹部遭到討伐的時候我都在場罷了。我就只有幸運值高到不像話。實際上我是孱弱的最弱職業冒險者，你們視我為敵真的讓我很害怕，可以不要這樣嗎？就這樣幫我轉告他吧。」

聽我這麼說，賽蕾娜微微露出苦笑。

「……我想也是。自己親眼見過之後我就確定了。而且說要拉攏你成為同伴的，也只有魔王那個傢伙一個而已。我覺得那個傢伙也太多心了……不過，你確定嗎？我覺得你來投靠我們這邊比較有好處喔……啊啊，對了對了。你是處男對吧？來我們這邊你就可以順從自己的渴望，過著靡爛性生活了喔。順便告訴你，魔族多的是身材姣好的美女。」

「…………………………我……我不去。如果是以前的我可能還會因此而動心，但現在的我正值桃花期。那、那種甜言蜜語才騙不了我。」

「那你幹嘛那麼坐立不安啊？」

不愧是魔王軍的幹部，好可怕的談判技術。

如果不是精神有如鋼鐵一般強韌的我可能已經淪陷了吧。

「……算了。魔王那邊，我會說明你只是一個不值得一提的小角色。這樣一來，你應該就不會再被盯上了才對。至於底下的那些傢伙我也會安排好，要他們別對你們動手。」

「感激不盡！」

「不、不客氣……相對的，你不准揭穿我的真實身分，即使是你的同伴也不行。也不准插手管我接下來要在這個城鎮做的事情。還有，對於我那兩個同事……尤其是維茲，你也不准告訴他們我將有所行動……這就是交易的條件。」

儘管我瞬間煩惱了一下。

「……唔，沒辦法。儘管我的正義之心與良心強烈要求我反抗，但要是我們在這裡正面開戰的話，這個城鎮也會遭殃……」

「不用跟我來這套。所以，交易成立了對吧？幸好你是個一點就通的聰明人。」

留下這麼一句話。

賽蕾娜輕輕一笑，同時因為剛才席地而坐而拍了拍屁股，打算留下我悠然離開的時候……

「……啊。不好意思…………………可以借我一點錢嗎……？」

我默默拿出錢，借給剛才被自己的同事搶走所有財產的魔王軍幹部。

「欠我一次人情喔。」

「…………唔……」

——和賽蕾娜分開之後，走在回家的路上。

我思索著今後的事情。

「話說回來，沒想到她是魔王軍的幹部……」

總覺得我在神不知鬼不覺的狀況下背叛了大家和人類，但這樣我的安全就有了保障。

身為對抗怪物的冒險者這樣真的可以嗎？我也不是沒想過這個問題，但是基本上我一個人也無從抵抗。

拿之前討伐魔王軍幹部的狀況來說，雖然我也參與其中，但老實說多半都只是對大家下達指示罷了。

貝爾迪亞那個時候，在我偷走他的頭之前，是阿克婭先削弱了那個傢伙。

巴尼爾那個時候是惠惠用爆裂魔法解決的。

漢斯的時候也是，是阿克婭淨化了溫泉還有達克妮絲幫坦，惠惠施展了爆裂魔法才解決的；至於席薇亞，因為我把她關進地下避難所，反而還導致她變強呢。

那個叫沃芭克的大姊姊也是，大致上都是靠惠惠解決的……

每個例子都只是結果碰巧順利解決而已，只有我一個人的話大概什麼都辦不到吧。

剛才我之所以接受交易，是因為拒絕了可能會直接演變成戰鬥。

我一個人正面和魔王軍幹部那種狠角色硬碰硬的話，肯定會被秒殺吧。

能夠讓魔王不再關注我這種弱雞，對我而言非常可貴。

「我回來了——」

我一邊不著邊際地想著那些，一邊打開豪宅的大門……

「嗚啊啊啊啊啊！嗚哇啊啊啊啊啊！」

「好乖好乖，妳也差不多該哭夠了吧。和真應該快回來了……啊，和真！你回來啦，那正好……」

我沒有走進裡面，輕輕關上大門。

然後大門再次被猛然打開。

「混帳！不准偷偷關門，你知不知道我們有多慘啊！」

打開我關上的大門的達克妮絲這麼說，於是儘管有著不祥的預感，我姑且還是問了：

「……所以，妳們這次又闖了什麼禍？」

光著腳，抱著腿，坐在大廳沙發上大哭的阿克婭不住嗚咽，根本無法對話。

而代替阿克婭開了口的是惠惠，她嘆了口氣之後說：

「……看來，阿克婭好像大鬧公會還是怎樣了，所以被冒險者和職員們攆了出來……我不知道她做了什麼，不過阿克婭似乎遭受處分，暫時禁止進出公會。」

……後來她真的把公會的酒變成清水了是吧。

「我和惠惠針對那個女人的調查行動結束之後回到豪宅來，就看到阿克婭緊緊握著不知道什麼東西的請款單嚎啕大哭。」

是要她賠償那些被變成清水的酒錢吧。

……調查？

「那個女人是指賽蕾娜嗎？最近妳和惠惠都一大早就出門，原來是因為這樣啊。」

我如此間接詢問她，達克妮絲便興高采烈地對我說：

「沒錯！你聽我說，和真，那個女人很奇怪！她能夠解決那麼大量的不死怪物，以那樣的本領看來肯定是聲名遠播的祭司，所以我透過自己的管道請人到處蒐集情報……但是得到的消息卻是在任何一個城鎮都不曾聽說有關名為賽蕾娜的祭司的傳聞！」

達克妮絲說完，惠惠也一邊摸阿克婭的頭一邊接著說：

「……而且根據公會職員表示，那個女人至今未曾收過報酬。沒有收過任何一次報酬真的太誇張了，就算是再怎麼善良的祭司也該有個限度。而收取報酬的時候必須提出冒險者卡片……所以我認為，她說不定有著什麼不能讓別人看冒險者卡片的理由。」

……這些傢伙平常明明只會說些無厘頭的事情，就只有在這種時候特別敏銳。

「這麼厲害的話妳們平常多活用一下不是很好嗎……先不談這個了，該怎麼說，妳們別調查那傢伙，我已經和她談妥了。賽蕾娜已經不會再接近我，也不會逼我們讓她入隊了。」

聽我這麼說。

惠惠和達克妮絲愣了一下，面面相覷。

2

隔天。

「只有我們兩個人一起上街還挺新鮮的呢。話說回來，你來公會到底要做什麼啊？要在這裡的酒吧吃飯嗎？」

我帶著達克妮絲來到公會。

惠惠則是負責照顧依然垂頭喪氣地窩在豪宅裡的阿克婭。

而且就算碰上什麼緊急狀況，在鎮上也不能用爆裂魔法。

因此，我才叫達克妮絲陪我來，只是……

「……妳那是什麼打扮啊？」

達克妮絲連鎧甲也沒穿，罕見地打扮成千金大小姐的模樣。

她身上穿的不是平常那種方便活動的窄裙，而是以白色為基調的洋裝，還搭配長手套等配件。

手上拿的也不是武器，而是陽傘。

「……你還問這什麼話，明明是你主動約我的吧。反正這個城鎮的人們也已經知道我的真實身分，所以我決定豁出去了。」

達克妮絲有點害羞地低著頭對我這麼說。

「……也罷。」

反正應該不會突然演變為戰鬥才對。

……沒錯，我是來監視賽蕾娜的行動。

要是被正義感強烈的達克妮絲發現我和魔王軍幹部進行交易的話會惹出很多麻煩，所以我沒告訴她。

同樣的，要是知道賽蕾娜是魔王軍幹部，應該會興高采烈地跑去找她打架的阿克婭我也

沒說。

惠惠就更不用談了。

為了確保自身安全，而和魔王的爪牙進行交易。

我自己也覺得這樣的行為差勁到不行，但要是連賽蕾娜也在這個城鎮遭到討伐，這下子魔王的注意力真的會集中到這邊來。

這不是只顧自己的明哲保身之道。

一個不小心可能會讓這整個城鎮都被魔王視為危險因子。

賽蕾娜曾經這麼說。

她叫我不准插手管她接下來要在這個城鎮做的事情。

這句話讓我有點掛心，所以我才動了來監視她的念頭，然而……

「蕾吉娜神或許是任何人都沒聽過的女神，但一定會保佑大家的。蕾吉娜女神的力量貨真價實，能夠實現各式各樣的願望喔。」

「真的嗎！那我也交得到男朋友嗎！因為睡馬廄睡得太理所當然，對不是冒險者的男人告白也會被一句『我不太能接受馬臭味……』給拒絕！」

「可以可以，保證如願以償。只要拿妳的意中人的頭髮來就可以了。我可以憑藉蕾吉娜女神的神力，為妳施展心心相印的小魔咒。」

「賽蕾娜小姐，我也要！拜託妳也為我施展那種小魔咒吧！」

「喂，照順序好嗎！是我先來的！」

……怎麼吵成這樣啊？

在公會中央的，是儼然已經成為公會代表人物的賽蕾娜。

她為冒險者們解決各式各樣的疑難雜症，同時笑容也不曾消失過。

「來吧，無論是任何煩惱、任何問題我都可以處理。身為祭司，這是我的職責……」

「不……不好意思……！我在這個城鎮一直交不到朋友……！我和最好的朋友一起回到這個城鎮來，可是她最近好像一直很忙……我、我想要朋友……！想要可以一起吃晚餐的那種朋友！一個人吃飯實在很寂寞，我已經受不了了……！」

「儘管是偉大的蕾吉娜女神，祂的神力也無法解決那個問題……」

「…………這、這樣啊……不好意思……」

賽蕾娜的表現，可以說是祭司原本應該有的樣子吧。

除了某個拖著步伐走人的紅魔族以外，幾乎每個冒險者的煩惱都接連獲得了解決。

「喂和真，這是怎麼回事？難不成，你邀我來公會是為了那個女人……」

達克妮絲用力拉了拉我的袖子，表情顯示出不安……

「……？是啊，我是來監視賽蕾娜的。我有點在意那個傢伙想做什麼。」

「你、你這個傢伙……！昨天說已經和那個女人談妥了！叫我們別再調查那個女人的不就是你嗎！虧我……！虧、虧我還特地打扮成這樣……」

達克妮絲低著頭，說話的語調越來越低。

…………

「……妳該不會以為我是邀妳出來約會還是怎樣吧？」

「不、不是……！才才才才、才不是……！」

正當很好懂的達克妮絲紅著臉驚慌失措的時候，賽蕾娜發現我便站了起來，招手示意要我過去。

賽蕾娜就這麼移動到酒吧的角落去。

其他冒險者們也很識相地離開我和賽蕾娜身邊，製造出讓我們兩個獨處的狀態。

賽蕾娜瞇起眼睛，掛著皮笑肉不笑的笑容。

「看來你沒有把我的底細告訴任何人呢。先告訴你，這也是為了你們好喔。雖然不是擅長戰鬥的類型，不過我好歹也是魔王軍的幹部。邪神蕾吉娜的力量是傀儡與復仇。在我喪命的時候，不只是殺了我的人會遭殃，還會有極為強烈的詛咒降臨在那個人的身邊。我想，這個城鎮的居民應該會有將近半數遭到詛咒吧？」

然後隨口說出這種話。

見我的表情僵硬，賽蕾娜面不改色，興致勃勃地望著我。

「詛咒的種類相當多樣化，有會讓身體留下障礙的，就連會導致石化或死亡的凶惡詛咒都有。要是我的真面目被除了你以外的人知道了，我也不得不戰鬥。到時候應該會造成許多人受害吧。我勸你還是好好想清楚這些，信守你的誓約吧。」

這個女人為什麼專挑我講她的祕密講個沒完啊。

……她說自己死了之後會散播詛咒應該是嚇唬人的吧？

只是覺得先這樣說就不會有人殺她了。

或許是我這樣的想法寫在臉上了吧，賽蕾娜輕輕伸出手。

「你拿匕首或是別的東西刺看看。對了，勸你刺小力一點比較好喔。」

……？

「妳想怎樣啊？我怎麼能在大庭廣眾之下做出那種事情，除非對象是阿克婭。」

說著，我拿放在桌上的牙籤代替匕首，輕輕戳了一下賽蕾娜的手……

「！」

在牙籤刺到賽蕾娜的手的瞬間，我自己的右手感覺到疼痛。

仔細一看，我右手的手背部分微微滲出一點血。

滲血的地方還有著和賽蕾娜手背上一樣的傷口。

原來如此，復仇之神的力量是吧。

「……事情就是這樣。」

「……這個城鎮是我的安身之地。我不與妳為敵就是了，雖然我不知道妳到底有什麼打算，不過妳可以不要在這個城鎮圖謀不軌，乖乖回魔王城去嗎？」

聽我這麼說，賽蕾娜只是默默露出笑容。

我一邊嘆氣一邊離開現場，回到等待著我的達克妮絲的桌邊……

「達克妮絲，讓妳久等……」

「大小姐！拉拉蒂娜大小姐，這是哪招啊！吶，妳這身少女般的打扮是怎樣啊，大小姐！太可愛了吧！」

「拉拉蒂娜，荷葉邊好可愛喔！不要遮臉了，也讓我好好看清楚嘛！」

「喂，大小姐，妳在臉紅什麼啊？大方一點，秀出來給大家看看啊！」

打扮和平常不一樣的達克妮絲坐在椅子上，雙手蓋著紅到耳根子去的臉孔，肩膀不住顫抖。

平常打過照面的冒險者們都趁著這個機會拚命調侃她。

「混帳，不准欺負我們家的大小姐！再看要收錢喔，噓、噓！」

我一邊趕跑圍著達克妮絲的冒險者們，一邊思考著賽蕾娜到底有什麼企圖。

3

幾天後。

「喂，在這邊，再不快點就無法拜見賽蕾娜大人的尊顏了！」

「賽蕾娜大人好像要開講了！動作快！」

阿克婭禁止進出公會的處分解除了，然而鎮上的狀況好像變得不太對勁。

「這邊這邊！賽蕾娜大人要開始傳教了！快點快點！」

「你、你們等一下——！怎麼了？大家都好奇怪，一直喊著賽蕾娜大人、賽蕾娜大人的……不就只是一個普通的祭司嗎——？」

到處都可以聽見賽蕾娜大人這個稱呼。

那個魔王軍幹部才過沒多久，就已經被奉為這個城鎮的聖女了。

「……吶，我問你。本小姐被封印在豪宅的這段期間，這個城鎮到底發生了什麼事？」

「還說什麼封印，幹嘛用那麼帥氣的詞彙啊，妳這個家裡蹲。在妳閉門思過的這段期間，那個女人已經變成這個城鎮的代表人物了。」

我對許久沒有離開豪宅，因而鎮上的狀況感到驚訝的阿克婭這麼說。

「……不知道為什麼，我總覺得那個女人很可疑。不過，既然和真叫我不要插手，我就不會有任何動作，也什麼都不會說。」

跟在我和阿克婭身後的惠惠如此嘟囔。

「……也罷，畢竟她的行為本身很值得讚許……雖然這樣說不太妥當，但不知為何她就是莫名地令我看不慣。不過我也一樣，既然和真都開口了，我就會安分地待著。無論如何，到頭來你的忠告總是切中核心。我再也不會忽視你的吩咐而擅自行動了。」

達克妮絲也接著這麼說。

……不知怎地，我覺得胸口有些刺痛。

知道我偷偷和魔王軍的幹部進行交易的話，她們兩個不知道會做何感想。是會輕蔑我呢？

還是會揍扁我呢？

不過那個誓約固然是為了保全自己，一方面也是為了這些傢伙的人身安全。

尤其是阿克婭。知道她是女神的話，魔王也不可能置之不理吧。

沒錯，別和她扯上關係是最棒的選擇。

我帶著她們三個人前往公會。

「賽蕾娜大人！賽蕾娜大人！」

「賽蕾娜大人，求求您，求您傾聽我的心願吧！」

「好好好，不要推不要擠。請大家依照順序……！無論有多少人，蕾吉娜女神都會實現各位的心願，當然也不需要代價，來，請說。」

「非常感謝您賽蕾娜大人！其實是這樣的……」

……但是在路上，就看見賽蕾娜被眾多冒險者包圍。

她的模樣就像是被熱情粉絲們簇擁的偶像歌手之類。

阿克婭見狀，偷偷摸摸地躲到我背後來。

或許是鬥嘴輸給賽蕾娜太多次，導致阿克婭不知道該怎麼應付她了吧。

賽蕾娜和我對上了眼，便對我微微點頭示意。

就在這個時候。

「賽蕾娜大人——！不好意思，這個傢伙在討伐任務當中受了傷……！而且傷勢相當嚴重……！能不能請您救救他！」

冒險者從城鎮入口那邊現身。

兩名冒險者以急就章的擔架搬運著另一名冒險者。

躺在擔架上的冒險者的傷勢似乎相當嚴重，他的眼神空洞，呼吸也很急促。

然後，他以幾乎快要聽不見的微弱聲音斷斷續續地說：

「……克婭……帶我去……找……阿克婭……大姊……」

聽見那微弱的聲音的似乎不只我一個，阿克婭好像也聽見了。

「我在這裡——！包在我身上，那種傷我瞬間就可以幫你完全治癒！」

或許是有人依賴她讓她很開心吧，阿克婭興沖沖地奔向那名受了重傷的冒險者……

——但不知為何被賽蕾娜的跟班們擋了下來。

「啊，幹嘛啦！擋什麼路！是想被神光拳打到滿地找牙嗎！再不快點治療那個人……」

在阿克婭憤慨地這麼表示的時候，賽蕾娜在受了重傷的冒險者身旁蹲了下去。

然後……

「『Heal』！『Heal』！『Heal』！」

賽蕾娜一次又一次不斷施展治癒魔法，傷患的傷口便逐漸癒合。

不久之後，那名受了重傷的冒險者原本空洞的眼眸開始恢復光采。

「……啊、啊啊……真是太感謝您了，賽蕾娜大人……！」

剛才還指定要阿克婭治療的那名冒險者流下斗大的淚珠，感激涕零地這麼說……

這是在演哪齣？

有人用魔法為自己治療傷勢對於冒險者而言是稀鬆平常的事情。

而且不過就是為他療傷這種正常的小事，根本不值得感激涕零到尊稱對方為大人。

像阿克婭，她甚至能復活冒險者，但是都做到那種程度了還是這種待遇。

當然該感謝的還是會感謝，不過冒險者們也是賭命在和怪物戰鬥。

如果說治療傷勢是祭司的工作，那麼在前線受傷，挺身保護祭司們就是他們的工作。

兩者之間是對等的關係。

只有祭司的話根本無法擊退怪物，反過來說，小隊裡有沒有祭司在，對於冒險者們的存活率也有很大的影響。

所以說，賽蕾娜的所作所為以祭司而言只是非常普通的工作。

當然，對此表示感謝也是理所當然的事情。

事情固然是這樣沒錯，但是……

這時，阿克婭偷偷溜到傷口已經大致癒合的那名冒險者身邊，把手貼了過去。

仔細一看，雖然傷口已經癒合，但他身上依然到處都是輕傷。

看來憑賽蕾娜的力量還無法完全治癒。

阿克婭正準備治療那些傷口，然而就在這個時候。

啪。

阿克婭貼過去的手被拍掉了。

而且還是受了重傷的那名冒險者自己做出這個舉動。

「咦……」

正當阿克婭輕聲驚叫時。

「我想請賽蕾娜大人為我治療。請妳少管閒事，不要理我。」

傷患毅然決然地對阿克婭這麼說。

4

垮著雙肩的阿克婭拖著步伐走了回來。

看著她落寞的模樣，我隱約覺得胸口附近有個煩悶的感覺。

總覺得現在的狀況不太對勁。

達克妮絲和惠惠帶著複雜的表情，望著賽蕾娜和她的跟班們。

賽蕾娜燦爛的笑容，像是掛在臉上的面具。

為什麼魔王軍的幹部要在這個只有弱小冒險者的新手鎮阿克塞爾做這種事情？

還有，她到底有何企圖？

如果她策劃的是更簡單好懂的壞事，可能還有辦法對付吧。

照理來說，我只要像平常的自己一樣，睜一隻眼閉一隻眼就好了。

可是，我總覺得胸口附近有個煩悶的感覺。

不知道該說是著急難耐，還是焦躁不安……

簇擁著賽蕾娜的那些人，總覺得好像是被操縱了似的，全心為那個突然冒出來的祭司所傾倒。

她說過，那個叫蕾吉娜的女神掌管的是傀儡與復仇。

……雖然這只是預測，不過她該不會是靠傀儡的力量在操縱他們吧？

正當我的腦袋轉個不停的時候，已經回到我們身邊來的阿克婭回頭看向賽蕾娜他們那邊，眼神顯得有些羨慕，又有些落寞。

我們定居在這個城鎮也過了很長一段時間。

一開始被當成麻煩製造機的阿克婭，現在也形同是公會吉祥物一般的存在了。

她只要一有空就會來公會和熟識的冒險者們喝到爛醉，但是最近那些人也不太理她，似乎讓她很寂寞。

……只要一不注意就會闖禍，然後把收拾善後的工作推給我，令人操勞的女神。

完全不聽我的叮囑，專做我叫她不准做的事情，體質像諧星一樣的女神。

沒有任何一點可愛之處，更完全沒有神聖性，徒具虛名的女神。

把我送到這個世界來，害我不得不過這種辛苦到不行的生活的契機也是那個女神。

平時經常惹我惱怒，同時也是我在這個世界一起相處得最久的——

…………啊啊可惡！

情緒低落的阿克婭看起來是那麼反常，害我看了就覺得胸口鬱悶！

唯有這個傢伙，我完全沒有當成異性看待的感覺。

而且，這個傢伙平常即使碰上什麼慘痛的狀況，我也只覺得她是自作自受，不太會放在心上，更不曾有過這樣的感受。

那麼，現在這個鬱悶的感覺是怎麼回事呢？

……可惡，乾脆不管那個什麼鳥蛋交易，由我們主動出擊算了。

可是對方是奉魔王的命令前來調查這裡的幹部。

如果她無法就這樣毫髮無傷地回去的話，我真的會被魔王軍追殺。

老實說，光是長得凶神惡煞的小混混來找我麻煩，我就會嚇到皮皮挫了。

更不用說被魔王盯上的話……！

——就在這個時候。

在我如此糾結的時候，有人輕輕拍了我的肩膀。

「……和真。我不知道現在是什麼狀況，也不知道你到底在煩惱什麼，不過那是為大家設想過才做出的決定對吧？如果是的話這樣就好了啊。你所做的選擇，到頭來總是會得到好的結果。」

拍了我的肩膀的惠惠這麼說，不但沒有讓我比較好過，反而還讓鬱悶的感覺越加沉重。

「……是啊。你之前叫我們不要多管那個女人的事情，一定也是思考過很多才得到的結論吧。所以……只要你不後悔就好了。照你的意思去做吧。」

對於知道賽蕾娜的真面目的我而言，達克妮絲這番話聽起來只能當成是在慫恿我。

話雖如此，賽蕾娜擁有復仇之力。

打倒那個傢伙好像會導致詛咒散播到周圍，可是阿克婭或許有辦法解決？

不行不行，眼光不能這麼淺短，要是試了才發現不行可不是鬧著玩的，我不能賭風險這麼高的事情。

對手姑且是人類，乾脆出其不意地施展束縛技能，將她整個人緊緊捆住，然後找個地城丟進去算了？

不行，她好歹也是魔王軍幹部，而且還是黑暗祭司，或許會像之前被我用束縛技能偷襲的阿克婭那樣，即使中招了也可以立刻解除。

……啊啊真是夠了，又沒有人可以商量，我到底該怎麼辦啊！

要不要打破約定找維茲或巴尼爾商量？

可是，如果賽蕾娜知道了之後，在鎮上散布詛咒的話……！

——這時，也不管我正在糾結這件事，賽蕾娜帶著燦爛的笑容往我們這邊走了過來。

阿克婭見狀抖了一下，躲到我背後。

賽蕾娜帶著那群跟班，眼看著就要經過我身旁，而就在這個時候。

剛經過我身旁的賽蕾娜停下腳步。

然後以只有我聽得見的音量輕聲說了。

「你還記得我們的交易吧？如果你不遵守我們的約定，到時候災禍降臨在這個城鎮可要算在你頭上喔。不過……」

賽蕾娜輕聲笑了一下。

「瞧你一臉痛苦的模樣……對了，除了我們的交易以外，我還因為向你借錢而欠你一次是吧……我准你一個人，在不依賴巴尼爾或維茲，並且不對任何人揭穿我的真實身分的前提下獨力妨礙我。如果是這樣，我就不拿這個城鎮當成人質，以魔王軍幹部的身分正大光明地和你交手……不過，你是比較傾向我們這邊的人。是個膽小又現實，知道該如何計算的人。我相信你不會做出那種愚蠢的事情，對吧？」

賽蕾娜喃喃說完。

「這樣我就沒欠你了。」

最後像是要確保我不會亂來似的留下這麼一句話，便露出笑容離開。

啊啊，真的感覺超悶的。

我既不是什麼正義使者，最重視的當然也是自己。

儘管如此，再怎麼說我也對這個城鎮的人有點感情。

……不對，等一下，仔細想清楚，眼光不可以這麼淺短。

要是在這裡無謂生事的話，一個弄不好可能會導致這整個城鎮陷入危機。

不對，可是這個城鎮現在其實已經陷入危機了吧？

只把自己的真面目告訴我一個人這點最賤了。

啊啊混帳，到底是為什麼……！

為什麼我非得獨自扛起城鎮的命運，煩惱成這樣不可啊……！

——這時，惠惠輕輕把手放在我握起拳頭之後就動也不動的右手上。

她目不轉睛地注視著我，看起來一副有話想說的樣子，然而……

「……有、有什麼事？」

「………………」

即使我這麼問，惠惠依然只是默默注視著我。
這時，我的左手也感覺到有東西在觸碰。
「…………幹嘛連妳也這樣？」
「……………」
仔細一看，達克妮絲也把手放到了我的左手上。
「妳們幹嘛同時來這套，有話想說就說啊。」
……不，都已經相處這麼久了，她們大概也知道我有事情瞞著她們吧。
或許也發現其中有什麼難言之隱了。
……還是放手一搏吧。
仔細想想，過去我也和許多強敵交手過。
不過，之前那些都只是別有緣由，或是遭到波及罷了。
但這次我是要主動出擊，而且還是單槍匹馬挑戰魔王軍幹部。
平常有大家在，而且要是事有萬一還有阿克婭這個保險在。
但要是我單槍匹馬找她對決，而在不為人知的狀況下被殺掉的話……
想到這裡就讓我感到畏縮，而且這一點也不像平常的我會做的事情。
就是說啊，最弱職業的我單槍匹馬找魔王軍幹部幹架之類的，憑著一時之間的激動像這樣以身犯險真的好嗎？

沒錯，只要現在暫時睜一隻眼閉一隻眼，就可以繼續坐擁鉅款過著不變的生活。

——可是，就差那麼一步。

如果再有任何一個契機，能夠讓我拋開一切的話……

……這時。

「……怎麼連妳也來這套啊？夠了喔，至少說句話吧……」

我對抓著我的衣服後背部分的阿克婭這麼說。

這三個傢伙都來無言的控訴這招，可以不要這樣嗎……

「和真先生、和真先生。」

然而阿克婭不同於其他兩個人，輕聲開了口。

我轉頭看向後面，只見平常總是興高采烈，彷彿字典裡沒有沮喪二字的阿克婭。

那個凡事不曾深入思考，感覺和煩惱無緣的開心果。
或許是因為剛才被冒險者拍掉她的手，真的讓她非常難過吧。
她難得表現出沮喪的樣子，以楚楚可憐的眼神看著我，表情是那麼不安。
更以泫然欲泣的聲音對我說——
「……這個城鎮是不是不需要我這個女神啊？」
…………
「喂，放手。」
我平靜地對抓著我的手臂和衣服的三個人如此宣告。
「啊……」
或許是真的很沮喪吧，聽見我冷淡地這麼說，阿克婭不像平常那樣抱怨連連，而是乖乖放開了我的衣服。
然後，我背對一臉像是被丟掉的幼犬似的阿克婭。

「給我好一點的支援魔法。要增強肌力，還有加快速度那些。」

聽我這麼說，阿克婭也沒有任何疑問或是意見，乖乖對我施展了魔法。

她們三個的臉孔早已不在我的眼中。

我的視線只盯著逐漸遠去的敵人的背影。

所以，她們三個現在是什麼表情我也不知道。

「喂，阿克婭。」

「……？怎麼了？」

我目不轉睛地看著逐步離去的賽蕾娜，同時對人在我背後的阿克婭說：

「我想，我等一下應該會受到相當嚴重的傷害並昏迷過去，所以拜託妳幫我治療。還有，麻煩達克妮絲把昏倒的我帶到警察局去。至於惠惠，賽蕾娜的跟班們應該會大吵大鬧，所以拜託妳負責威脅……安撫他們。」

「什、什麼？喂，和真，你到底在說什麼？」

「等等，和真？你想做什麼啊！」

如此告知她們三個之後，我便當場彎下腰，擺出蹲踞式起跑的姿勢。

我的視線前方仍舊是背對著我們悠然離去的賽蕾娜的身影。

「吶，和真先生，你要做什麼？我總覺得有種不祥的預感……」

聽著阿克婭這麼說。

「嗚、喂，和真！等一下，你沒頭沒腦的是打算做什麼啊……！我剛才的確是叫你照你的意思去做，但那個女人只是很可疑，還沒有做出違法行為，所以你可別動粗啊……！」

在達克妮絲慌張的聲音從背後傳來時，受到支援魔法強化的我已經朝賽蕾娜衝出去了。

「和、和真，我不知道你打算做什麼，不過現在的你十分帥氣！身為紅魔族，我莫名覺得興奮到了極點！」

我的名字是佐藤和真。

奉真正的男女平等主義之名，是敢對女人的臉部施展飛彈踢的男人。

「惠惠，不要慫恿他！和真，等等，別……！」

聽著夥伴們的聲音從背後傳來，全力助跑的我氣勢十足地朝賽蕾娜衝了過去……

「今天我們兩個都好好睡一覺吧！明天開始我再認真地妨礙妳！」

趁著賽蕾娜驚訝地轉過頭來的時候，我對準她的臉施展出助跑飛彈踢。

第二章

顛尼特也遭逢天譴！

1

在昏暗的房間裡。

「……不要以為我會一直都這麼溫和善良。我再問你最後一次……佐藤先生。你前幾天，施展飛彈踢攻擊了毫無任何罪過的無辜祭司，這個部分沒有錯吧？」

「沒有。」

聽了我這已經不知道是第幾次的老實回答，眼前的棕髮女騎士的太陽穴不住跳動，點了點頭。

「……好。那麼，你看見一個碰巧經過的祭司的後腦杓，不知為何非常介意，介意到無法自拔，所以按捺不住突發性地想施展飛彈踢的衝動。然而，由於該祭司察覺到你的氣息而轉頭，導致你的飛彈踢不幸命中她的臉部。換句話說，你是因為一時心煩意亂，才做出這種事情。就是這樣嗎？」

「就是這樣。」

隨著「啪」的聲響，女騎士握在手中的筆被攔腰折斷。

「…………那個祭司正好是幾天前達斯堤尼斯爵士下令要求我進行身家調查的對象，但你的行動和那件事情一點關係也沒有是嗎？」

「沒、沒有吧……我猜…………」

女騎士一把甩開筆的殘骸。

然後用力拍打眼前的桌子……！

「混帳東西，你該不會以為我是個無能的蠢材吧！我們也針對那個祭司做了不少調查，你真的以為能夠用那種藉口瞞混過去嗎！」

「住、住手！這是動用暴力的違法偵訊！我有的是錢，我要找律師！叫律師過來！」

女騎士越過桌子揪住我的領子。

我試圖逃離她的掌控，但無奈的是我現在雙手被鐵鍊鎖著。

試圖逃走的我被鎖在手上的鐵鍊拖住，三兩下就被女騎士拎住後領。

「佐藤先生，我好歹也是阿克塞爾的騎士！是負責監督這間警察局的人！當然，最近這陣子鎮上的氣氛不太對勁這種事情我也知道！你知道什麼內情對吧？即使你再怎麼惡名昭彰，應該也不是會無緣無故出腳踢女人的男人才對！你對這個城鎮多有貢獻，從你過去的功續來推測，這肯定有什麼理由！好了，快說吧！你在隱瞞什麼！還有，這個城鎮發生什麼事了！」

「我、我什麼都不知道！住、住手，妳身為騎士的位階應該比達克妮絲他們家還要低吧！小心我打小報告喔！我要對達克妮絲告狀，說妳在偵訊的時候對我做出讓我實在說不出口的性騷擾！」

「嗚、喂，不准捏造事實！再說了，達斯堤尼斯爵士性格公正可是眾所皆知。我知道爵士和你是同一個小隊的夥伴，但是爵士並不會只因為你那樣說就濫用權力。真是太遺憾了！你給我等著，我現在就去拿偵測謊言的魔道具過來！」

女騎士理直氣壯地如此宣言，同時從上面壓制住我，露出勝券在握的笑容。

我、我不甘心！

「打、打擾一下！」

這時門外傳來一個聲音。

女騎士的視線沒有從我身上移開，開口回應：

「什麼事？我現在很忙。這個男人從剛才開始就淨是說些歪理……！」

「不好意思……達斯堤尼斯爵士來了……」

「！」

聽門外的人戰戰兢兢地這麼說，女騎士放開了手。

——這裡是位於鎮上的警察局內的偵訊室。

在大庭廣眾之下出腳踢人的我，回過神來已經被拘留在這裡了。

看來攻擊賽蕾娜的時候，攻擊還是會全部反彈回來。

在飛彈踢命中的瞬間，我也感覺到強烈的劇痛而昏厥，不過大概是阿克婭為我治療過了，現在一點都不痛，也沒有任何傷口。

然後現在。

從剛才開始，那個疑似擔任警察局長職位的女騎士便親自向我問話，不過……

「達斯堤尼斯爵士為什麼會到這裡來？等我向這個有所隱瞞的男人問完話之後再過去露個臉。佐藤先生好歹也是立下許多大功的冒險者，應該罰他在拘留所內短期拘留就可以了事了吧。幫我轉告達斯堤尼斯爵士，詳情我晚一點再向她報告。」

女騎士如此告知，連頭都沒有轉向偵訊室的門口。

這下糟了……

站在我的立場，賽蕾娜的事情我不能說。

尤其是感覺想法很頑固的這個女騎士和達克妮絲，我更是不能告訴她們。

我原本還想拜託達克妮絲把我從這裡弄出去，但是那傢伙最討厭不循規蹈矩的事情了。

連箇中緣由也不能說的話，她八成不肯點頭吧……

——正當我這麼想的時候，前來報告的男人以困惑的聲音開了口：

「這、這個嘛……」

「……怎麼了？」

女騎士因為男子的異狀而狐疑地轉過頭去看向門口，只見……

「啊啊，抱歉，是我。我擅自闖進來了。」

出現在悄然開啟的門後的是前來報告的男子，還有跟在他身後的達克妮絲。

在男子行禮離去的同時，女騎士一見到達克妮絲便敬禮。

於是我趁機大喊：

「拉拉蒂娜大人——！」

「混、混帳，不准叫我拉拉蒂娜！……失禮了。對了，狀況如何？妳從這個男人口中問出什麼了嗎？」

聽見我的吶喊而顯得有些困惑的同時，達克妮絲如此詢問女騎士。

女騎士維持立正站好的姿勢表示：

「報告！這個男人肯定知道些什麼，但他一下子說是因為缺錢玩耍才犯，一下子說是一時心煩意亂才犯，一下子又說自己已經在反省了，每次問話的時候動機和藉口都變來變去……請您稍等一下，我一定會讓他把自己在隱瞞什麼說出來！」

聽了那個老古板女騎士的回答之後，達克妮絲目不轉睛地直視著我。

「……和真。那個女人的祕密，是對我和惠惠、阿克婭也說不出口的事情嗎？」

我閉著嘴用力點頭。

達克妮絲見狀，暫時沉默了一會兒。

「……把那件事告訴別人會讓情況變得很糟嗎？這件事情你得一個人解決，是這麼回事嗎？……如果不能回答的話你就保持沉默也無妨。」

「…………………」

我保持沉默，盯著達克妮絲的眼睛看。

於是達克妮絲自己別開了視線，然後瞄了女騎士一眼，接著視線不住游移，抓了抓臉頰。

然後，她帶著歉疚之意對女騎士說：

「那個……商量一下，這次看在我的面子上放過這個男人好嗎？考慮到他之前的功績，而且這次又是冒險者之間的小糾紛，不如就這樣算了吧……」

「啥？……呃，不好意思……您、您是認真的嗎，達斯堤尼斯爵士？對方沒有報案所以是無所謂……不過，一直很排斥為了這種事情動用權力的您怎麼會這麼說呢？」

女騎士帶著驚訝又疑惑的表情來回看著我和達克妮絲。

終於，女騎士儘管一臉驚訝，但還是將連在我的手銬上的鎖鏈交給了達克妮絲。

應該說，看著達克妮絲的我，表情大概也和女騎士一樣吧。

明明淪落到必須賣身給領主的狀況也不願意行使權力，最後卻以這樣的形式開始動用特權，這個傢伙真的變了呢……

而達克妮絲一點也不在意我和女騎士這樣的眼神，開口表示：

「和真，你什麼都不用說。剩下的事情都交給你了。不過收拾善後的工作可以交給我吧……至少，在這種時候依賴我一下嘛。」

「達斯堤尼斯大人——！」

「夠、夠了，不准貼過來！你這樣亂動我是要怎麼解開鎖鏈！」

食古不化的達克妮絲。

那個老是把紀律或是身為人的義務之類掛在嘴邊嘮叨個沒完的達克妮絲。

的確，她最近這陣子的想法也變得比較知道變通，懂得不忌黑白，兼容並蓄了。

話雖如此，達克妮絲願意信任我到不惜放下自己的信念也要救我這點讓我非常開心，所以就拖著叮噹作響的鎖鏈巴在她身上。達克妮絲也沒有多抵抗，帶著傷腦筋的表情解開我的手銬鎖鏈。

而女騎士看見我們這樣，一臉茫然地對達克妮絲開了口：

「請、請問……達斯堤尼斯爵士，您和佐藤先生之間應該只是普通的隊友關係，沒錯……吧……？」

她戰戰兢兢地這麼問，一副很怕聽到答案似的。

達克妮絲的臉頰微微泛紅，但還是維持著面無表情的假象繼續解開我手上的鎖鏈。

「……只是普通的隊友關係……對吧，和真？」

「……原則上沒錯。」

聽了我的回答，達克妮絲似乎鬆了口氣，同時表情卻也微微蒙上一層失落的陰霾。

女騎士聽完也安心地吐了一口氣。

「我、我想也是……達斯堤尼斯爵士是那麼正氣凜然，嚴以律己，可以說是我們這些單身女騎士最崇拜的理想。這樣的人怎麼可能和那種惡名昭彰……而且還是一介平民的男人怎樣呢……這樣啊，只是隊友關係……」

………

「沒錯，只是隊友關係。會一起泡澡，一起窩在狹窄空間獨處還貼在一起，在廁所裡試圖幫對方脫內褲。我想想，還有去達克妮絲的老家夜襲，一下子我推倒她，一下子她反過來推倒我。對了，她還曾經試圖騙我喝加了安眠藥的酒呢。是的，差不多就只是這種程度。」

「！」

「不不不、不是——！不是，事事、事情不是那樣……！」

女騎士一臉錯愕地僵在原地，達克妮絲則是瞬間驚慌失措了起來。

「兩兩兩兩、兩位竟然……！我知道了，是這樣對吧！兩位畢竟是同伴，那只是鬧著玩，或者說是打打鬧鬧之類的那種感覺對吧，達斯堤尼斯爵士！」

「啊哇哇，沒、沒錯，就是那種感覺！就是、就是那種感覺……！」

女騎士不知為何拚命幫達克妮絲找藉口，達克妮絲也連忙附和。

而我一邊看著這樣的兩人，一邊搓揉被手銬壓住的部分，並且開了口：

「我還被她吻了。」

「「！」」

依然僵在原地的女騎士紅著臉，嚇到嘴巴不住開合。

達克妮絲則是臉紅到耳根子去了，把臉埋進我的背上，就這麼虛脫無力地往下滑。

——平安離開警察局的我，被達克妮絲不住抱怨。

「真是的……你這個傢伙真是的！這下怎麼辦啊，照那個樣子看來，事情肯定會傳到其他貴族和騎士耳中。下次就算你被逮捕了我也不會去救你…………應該說，我再也不敢去那裡了……！」

「可是我沒有說半句謊話啊。」

依然紅著臉的達克妮絲聽見我這麼說，惡狠狠地瞪了我一眼。

然而她顯得有點靜不下來，一臉困惑，卻不像是在生氣的樣子。

我看達克妮絲的心情並不算太差，便對她開了口：

「吶，達克妮絲。我有一件事情想拜託妳——」

2

「還請別害羞，儘管告訴我。來吧，無論是任何煩惱都不需要客氣……哎呀……是和真先生啊。」

「嗨，賽蕾娜。叫什麼和真先生啊，那麼見外。直接叫我的名字就好，沒關係。」

在冒險者公會的一角，賽蕾娜正在援救迷惘的冒險者。

而我正好撞見那一幕，於是賽蕾娜便對我露出燦爛的笑容，我也同樣笑了回去。

我拜託達克妮絲的事情，是要她和阿克婭還有惠惠一起待在家裡，暫時別出門。

此外，還要她叫阿克婭對豪宅張設天衣無縫的結界。

最後，也要她轉告另外兩個傢伙，說我暫時不會回去。

賽蕾娜表現得像是之前被我攻擊那件事情沒發生過似的，淡定地向我搭話。

而我也像是什麼事都沒發生過似的，帶著笑容開了口……

「妳還是老樣子，在指點迷惘的冒險者們啊。每天都這麼做很累吧。要不要我幫妳？」

「不用不用，和真先生那麼忙，怎麼可以麻煩您呢？不如請和真先生將您的那份力量用在打倒怪物上面如何呢？」

我們明明只是在閒聊一些無關痛癢的事情，但不知為何賽蕾娜的那些冒險者跟班們卻露出害怕的表情。

那些跟班當中，有很多都是之前我對賽蕾娜施展飛彈踢的時候在場的人。

看在他們眼中，明明才發生過那種事情，現在卻對話得如此自然的我們，看起來想必相當怪異吧。

儘管被婉轉地拒絕了，我還是在距離跟班們稍遠的位子坐了下來，讓賽蕾娜露出有點嫌棄的表情，不住偷瞄我。

但不一會兒，賽蕾娜重新調適好心情。

「……不好意思。那麼，可以請你說出你的煩惱嗎？」

她笑容可掬地對著一邊觀望著我和賽蕾娜的互動，一邊乖乖等待的冒險者這麼說。

那名冒險者稍微猶豫了一下之後。

「那個……無論我怎樣告白，事情都很不順利。每次我和異性要好到某種程度的時候，大部分的人都會對我說『你真的是個大好人』。儘管大家都這麼說，但是在我表示想和對方交往的時候，就會被婉轉地拒絕……」

常有的事情。

興趣缺缺的我數著桌子上的木紋，而賽蕾娜儘管對我這樣的動作有些介意，還是對迷惘的冒險者嫣然一笑。

「好人可是最棒的讚美呢。長相帥氣的人，其魅力遲早會隨著年華老去而衰退。不過，身為好人的你所擁有的，是即使上了年紀也絕對不會褪色的優質魅力……請你繼續當個好人吧。有那麼多人說你是好人的話，我覺得這樣的你非常有魅力喔。現在就開始煩惱或沮喪還太早了。一定會有那麼一個喜歡你的人出現……」

賽蕾娜露出平和的笑容，給出這種無關痛癢的建議。

看來處理這種煩惱不需要動不動就使用邪神的力量。

找她商量的冒險者原本陰沉的表情多了幾分光彩。

「好、好的……！其實，因為每個人都用同樣的方式拒絕我，我確實是有點沮喪……不過託妳的福，我比較有精神了！賽蕾娜大人，謝謝……」

「既然那個傢伙那麼有魅力的話，賽蕾娜和他交往不就得了。」

在冒險者道謝即將道謝之際。

我不負責任地說出這麼一句話，讓賽蕾娜和跟班們全都僵住。

說出自己心中的煩惱的那名冒險者，緩緩朝我看了過來。

他的表情一副想說自己沒有想到這一點，同時又略顯不安。

看著這樣的冒險者，我決定輕輕推他一把。

我偶爾也是會幫助別人的。

沒錯，即使有一堆無情的人說我鬼畜還是怎樣，只要碰上困難的人就在我眼前，我也是會有所行動……！

「賽蕾娜剛才可是用了很有魅力這種形容詞來稱讚你呢。對方都已經積極示好到這種程度了，你還不鼓起所有的勇氣怎麼可以呢！你從以前到現在一直被甩，都是為了在現在這一刻和賽蕾娜修成正果啊！」

「真、真的嗎！好、好吧……賽蕾娜大人！」

「你、你是好人沒錯，但我沒什麼興趣……」

連告白都還沒的冒險者被賽蕾娜搶先這麼說，便「哇」地放聲吶喊，眼看著正打算拔腿就跑……

而我反射性地抓住那個正要逃跑的冒險者的手。

「你突然就放棄是怎樣！不要乖乖把她說的話直接當真好嗎，女人是很複雜的生物，要好好判斷她的發言背後的意思！你是沒聽過傲嬌這兩個字喔！」

「……傲……嬌……？」

「我、我說……」

賽蕾娜出了聲，聲音聽起來相當不安，帶著劃過臉頰的汗跡，注視著開始說服冒險者的我。

「女生說討厭就是喜歡你。你連這句經典名言都不知道嗎？」

「我、我聽過那句話！這樣啊，要想發言背後的涵義……！」

「等等……！」

經過我的搧風點火，冒險者用力握住賽蕾娜的手。

「賽蕾娜大人！我、我……！」

「請等一下，你、你稍微冷靜一點……！啊啊，你這個混……和、和真先生……！」

聽著賽蕾娜的聲音從背後傳來的同時。

我為了尋找明天開始的妨礙活動的據點，不動聲色地離開現場。

3

在我從警察局被放出來之後過了幾天。

賽蕾娜還有她身邊幾個跟班在從某間餐廳走出來之後不斷東張西望，像是在警戒四周。

她恐怕是在防範這幾天一直騷擾她的不明人士吧。

如今賽蕾娜身邊那些冒險者與其說是跟班，不如說已經完全化為信徒了。而這樣的冒險者之一，正在對她說些什麼。

我以讀脣術技能讀取的結果，他在說的應該是「賽蕾娜大人請放心，附近沒有任何人」

之類的吧。

而賽蕾娜與跟班們這樣的現況。

「風向沒問題。距離沒問題。角度沒問題。」

我從遠方的建築物的屋頂上看得一清二楚。

現在的我張著弓，搭著箭，正在使用千里眼技能遠眺。

以這個距離而言，即使我能夠確認到對方，對方應該也看不到我才對。

話說回來，賽蕾娜本人應該知道自己是遭受誰的攻擊啦。

即使用這招瞄準賽蕾娜的頭，我也會無法倖免地一起喪命。

不僅如此，如果那個傢伙的威脅屬實，詛咒更會擴散到附近的居民身上。

在我的視線前方，站在遠離這裡之處的賽蕾娜，手上拿了一杯看似在她離開的店裡面購買的東西。

我不知道裡面裝的是什麼，不過大概是冰涼的飲料或咖啡吧。

……簡直是在做球給我。

箭尖已經事先磨鈍，萬一射中賽蕾娜也不至於攸關性命。

我接下來所要採取的行動並非暗殺。

沒錯，我要從這裡瞄準的是……

「狙擊！」

隨著「咻！」的風切聲，我手上的箭射了出去。

那支箭飛向的目標是……！

「——！好燙啊啊啊啊啊啊！她喝什麼熱咖啡啊！」

我因為高溫突然侵襲自己的手而忍不住在地上打滾。

用千里眼看向賽蕾娜，只見她拿在手上的那杯熱咖啡已經被射穿，她一副被燙到的樣子，用力甩掉灑在手上的咖啡。

……可惡，這樣也不行啊。

我轉換心情，站了起來，繼續觀察賽蕾娜。

——這幾天持續騷擾她，讓我得知很多事情。

首先，即使發動的是間接攻擊，傷害也會回到自己身上來。

即使不是直接狙擊，而是像我剛才那樣射穿杯子讓潑出來的咖啡燙傷她，就連這樣也會反彈回來。

我本來還想說如果間接現象沒問題的話，就要去維茲店裡買那種受到衝擊會爆炸的魔藥回來的說……

賽蕾娜一邊治療自己的手，一邊四處張望。

我想應該不至於被找到才對，不過保險起見，還是用了潛伏技能，也換個地方好了——

——另外，關於賽蕾娜的能力我也略知一二了。

「不、不好意思，和真先生……？那個，我是聽你說有事情想請我幫忙才跟你過來的，不過這該不會是犯罪吧……？」

那就是，那些冒險者突然變了一個人，果然和賽蕾娜的能力有關。

還有，稱呼賽蕾娜為大人，跟在她身邊的那些人之間也有程度之分。

不過那些變得像信徒一樣的傢伙有個唯一的共通點，那就是他們全都是和賽蕾娜有過密切交流的人。

「這個嘛，我要做的事情本身確實不值得讚許就是了……拜託妳芸芸，這件事連對惠惠她們都必須保密。我只能依靠芸芸了。」

「我知道了。我超想幫忙的，請讓我幫忙吧。誰教我們是朋友嘛，包在我身上。有事儘管拜託我。」

或許是有人依賴她讓她很開心吧，芸芸興奮不已，握起拳頭。

現在是深夜時分。

儘管我的請求相當強人所難，之前明明也在公會裡找賽蕾娜商量過事情的芸芸，卻像這樣欣然協助而沒有拒絕我。

明明也和其他冒險者一樣找她商量過事情，卻只有芸芸好好的。

如果不是連傀儡之邪神也排擠她的話，那麼她和賽蕾娜有過交流卻能夠安然無恙的原因是什麼呢？

目前，我和芸芸在賽蕾娜用來過夜的，沒有任何窗戶的堅固小屋前面。

賽蕾娜最近這陣子似乎一直遭受不明人士的攻擊，所以她那些跟班才像這樣準備了一個沒有窗戶，構造又堅固的小屋。

帶著芸芸來到小屋前的我開始做準備。

我稍微打了一個暗號，芸芸見狀便點了點頭，輕聲詠唱魔法。

那是紅魔族最愛用的，折射光的魔法。

沒錯，就是讓人看不見的隱身魔法。

在我身邊施展了那招之後，芸芸輕聲說：

「這樣就可以了嗎，和真先生？接下來是消除門附近的聲音的靜音魔法對吧？而且最近這陣子鎮上的狀況好奇怪，和真先生接下來要做的事情，和鎮上的狀況有什麼關係嗎？」

「有關係有關係。這乍看之下是近乎犯罪的行為，卻是暗中拯救這個城鎮的正義之舉，所以妳大可放心。啊，今晚的事情拜託妳別告訴別人喔。」

「…………好的。」

「啊……！」

聽見別告訴別人這句話，但說穿了也幾乎沒有對象可以分享這件事的芸芸眼中泛淚，低下頭去。

於是我一面安慰這樣的邊緣人少女，一面同樣開始準備魔法。

今晚的行動恐怕會消耗大量的魔力。

我拿出事先在維茲的店裡買好的，名為瑪納礦石的寶石。

據說寶石越大，純度越高，價格也就越貴，其中蘊含的魔力也就越多，而我這次買來的只有幾顆中等價位的寶石。

這個時段氣溫還有點微涼。

在天亮之前應該都沒那麼容易融化才對。

我在小屋前面伸出右手之後——！

——小歇了一陣子，我路過了一下剛才的小屋。

於是…………

「——！——！——！」

我聽見像是在忍耐什麼似的急切而微弱的聲音，以及咚咚作響的敲門聲。

「賽蕾娜大人，我們現在就設法處理這些厚實的冰！所以請您再稍等一下！」

「啊啊，所以我不是說了嗎！不應該準備這種倉庫，而是保全設施完善的旅店！這樣一來當然就連廁所都有了！」

「沒辦法，我們沒有錢啊！賽蕾娜大人，請您再稍微憋一下！喂，還沒找到會使用火炎系魔法的冒險者或是熱水嗎！再不然，這沒辦法用槌子之類的東西敲破嗎！」

「這用槌子敲不破啦！也不知道是哪來的個性扭曲的傢伙幹的好事，澆水的時候執著又細心，門的四周結的冰厚重又結實！啊啊，真是夠了，到底該怎麼辦……！」

然而，我還看不出賽蕾娜的目的。

在這個只有新進冒險者的城鎮增加傀儡化的信徒，到底有什麼意義呢？

在請芸芸幫我隱身之後，我費盡千辛萬苦，徹夜以「Create Water」和「Freeze」不斷凍結小屋的門。

我思考著賽蕾娜的目的和今後的打算，同時一邊望著結凍的門被融化，一邊大啖從路邊攤買來的刨冰。

——又過了幾天。

我稍微聯絡了一下達克妮絲，得知除了不能離開家裡的惠惠每天都對著遠在城鎮上方的高空處施展爆裂魔法而不斷被逮捕，還有阿克婭開始鬧脾氣說想出去外面以外，都沒有什麼太大的問題。

我本來還擔心賽蕾娜會不會忍無可忍，放棄我而跑去攻擊豪宅裡的大家，不過看來她目前還撐得住。

我一邊默默準備下一波攻勢，一邊思考。

最近賽蕾娜明顯變得越來越衰弱。

不久之前我放了她的負面傳聞出去，看來對她造成相當大的打擊。

「原……原原、原來你在這種地方啊，和真先生……！害害害、害老娘……人人、人家找你找得好辛苦喔。」

我還在準備的時候，背後傳來了這麼一個蘊含著藏也藏不住怒氣的聲音。

聽見那個連遣詞用字也已經有點詭異的話聲，我淡定地轉過頭去。

「嗨，賽蕾娜，好久不見。怎麼了，表情幹嘛那麼凶啊，連妳那些跟班都怕了。」

這裡是我租來當據點的旅店的後院。

平常這裡是在馬廄過夜的冒險者們練習揮劍，還有拿鎧甲出來曬太陽或保養之類的，做各種事情的地方，不過今天似乎沒什麼客人，現在由我一個人占領這個地方。

聽了我友善的問候，賽蕾娜儘管嘴角不住抽搐，還是露出笑容。

「是啊，好久不見了，和真先生……您那是在做什麼呢？」

賽蕾娜看著我在庭院裡準備的東西，一臉狐疑地這麼問。

「妳不知道維茲魔道具店有在賣的『氣球』這種東西嗎？這個是水球，是用水把氣球灌飽而成的道具。我現在正在做的事情，是用稀釋的膠水和顏料調製而成的液體代替水來灌飽氣球的程序……」

「喂，別……！……我不知道您打算用來做什麼，但如果用途不當的話，我也有我的想法喔。」

說著，賽蕾娜往後退了一步。

同時幾名在後方待命的跟班冒險者也站上前來。

「……喂，這是在幹嘛？」

「你說這話是什麼意思呢……應該說，我的忍耐已經接近極限了。這些人幾乎已經完全化為我的傀儡。這些傢伙都對我言聽計從。只要我命令他們殺了你，他們就會毫不猶豫地動手吧……唉，我太小看你了。真的太小看你了。哎呀呀，虧你只有一個人就可以做到這種地步，真想不到你這麼厲害……！很厲害嘛！」

不妙耶，現在這附近只有我們。

賽蕾娜露出笑容，但是眼神一點笑意也沒有。

糟糕，我是不是有點太超過了啊？

但是……

「喂，明明就是妳自己嗆聲說我有辦法獨力妨礙妳的話就試試看耶。還說什麼會正大光明和我交手，現在妳堂堂一個幹部卻想叫一堆人來反擊我這個最弱職業，未免太奸詐……」

「少囉嗦——————！」

我的抗議被賽蕾娜的怒吼擋住。

這下不好了。

「你你你、你這傢伙竟敢……！竟敢陷害我，亂放那種幽默好笑又愉快的八卦——！」

賽蕾娜用布滿血絲的眼睛看著我。

「嗚、喂，等一下！我有遵守約定，沒有說出妳的祕密！既然如此，就算我付錢給小混混冒險者，叫他放出怎樣的八卦應該也無所謂吧……」

「最好是無所謂啦啊啊啊！你這個傢伙什麼不好瞎扯，偏偏說我是男人！說我是男人？而且還說什麼平常的語氣很粗暴之類，放八卦的時候順便微妙地加了一點事實在裡面……！開什麼玩笑，你知不知道有多少人跑來確認啊！其中甚至還有人說是男人更好……！這個城鎮是怎樣啊！我……我要殺了你這個傢伙！」

賽蕾娜的眼睛布滿血絲，高舉手臂準備施展魔法……！

而我發現了一個路過的大叔，便放聲大喊：

「喂，有路人在看，有人在看喔！」

「……！……早、早安，今天的天氣真好。」

「啊啊，是賽蕾娜小姐啊。早安，今天的天氣真好呢！」

不愧是聖女賽蕾娜大人。

看來她和那個路人似乎也互相認識。

賽蕾娜開始和對方閒聊起一些無關痛癢的話題，而大概是因為傀儡化的程度已經很深了，那些跟班全都兩眼無神地發著呆。

不妙，魔王軍幹部真的發火了。

她說自己負責謀略，所以我本來還以為會更偏向鬥智的，沒想到她會這麼乾脆地開始在街上動用武力，這下該怎麼辦呢？

我一個人和賽蕾娜還有傀儡化的跟班戰鬥。

嗯，沒戲唱，八成會被秒殺。

賽蕾娜的閒聊即將進入尾聲，大叔也差不多要離開了。

「那麼，為了祈禱你今天一整天能夠平安無事，我來為你施展祝福魔法……」

「喔喔，那真是太感謝妳了。」

還是逃進警局算了？

不，雖然說有逃走技能，要是賽蕾娜以支援魔法強化她的跟班，還是有可能被追上。

這時，賽蕾娜將雙手舉到胸口的高度並且互握，擺出對神明獻上祈禱的姿勢。

……好機會！

「那麼，願你今天一整天能夠擁有平安與幸運，祝福……」

「『Wind Breath』——！」

賽蕾娜即將對路人施展魔法之際。

我像是要掀賽蕾娜的裙子似的，將手由下往上用力一揮，發動了從地面往上吹的風之魔法。

中了這招之後，將雙手舉在胸前的賽蕾娜身上的長袍被完全掀起，飄到高過頭的地方。

平常給人清純印象的長裙，在這種時候也成了致命傷。

確認長袍的下襬被掀到高過頭部之後，我拿起掛在腰際的鋼絲，對著賽蕾娜的上半身，瞄準了高過頭的地方……！

「『Bind』——！」

「等……！」

長袍裡傳出這個被悶住的聲音。

我直接以拘束技能將賽蕾娜連同被掀起的長袍綁了起來。

一般而言這招只能爭取一下時間，但是現在……！

「賽蕾娜大人！」

「賽、賽蕾娜大人！」

「賽蕾娜大人變成布包了！」

看見被拘束技能綁成布包的賽蕾娜，應該幾乎已經化為傀儡的冒險者們瞬間回過神來。

「啊啊，謝天謝地謝天謝地……！多麼神聖又清純的屁股啊……！」

剛才還在和賽蕾娜對話的路人跪了下來，對著露出內褲的賽蕾娜的屁股膜拜了起來。

「等等……！慢著……！別……！」

賽蕾娜在布包狀態的長袍裡不斷掙扎，但我使用的是對付強敵用的特製鋼絲。

雖然說是幹部，賽蕾娜姑且也是人類，像那樣掙扎也處理不了那種鋼絲。

「啊啊！屁、屁股，屁股啊啊啊啊！賽蕾娜大人神聖的屁股曝光了……！」

「喂，遮住遮住！圍在旁邊遮起來！來當人牆！」

「賽蕾娜大人，賽蕾娜大人其實是黑內褲派……！我熱血洶湧起來了……！」

冒險者們不知為何差不多有一半恢復正常了，但還是圍上去當人牆，試圖遮擋賽蕾娜的下半身。

賽蕾娜的能力似乎沒有阿克婭那麼強，看來無法以魔法解除我的拘束技能。

大概是已經沒有餘力裝模作樣了吧，賽蕾娜隔著長袍以被悶住的聲音大吼大叫。

「佐藤和真你這個混帳！給我記住，我要讓你吃不完兜著走！等到拘束解開之後你就知道了……！」

我不知道她到底要怎樣讓我吃不完兜著走，我只知道我很害怕所以要採取對策。

我深深吸了一口氣。

然後以傳遍整個城鎮的聲音大喊：

「不得了啦啊啊啊啊啊啊！聲名大噪的聖女賽蕾娜大人在大街上裸露下半身啊——！」

「閉閉閉閉、閉嘴————！」

4

「你又來了啊，佐藤先生。」

「我又來了呢，局長小姐。」

女騎士隔著一張小桌子和我四目對望。

沒錯，我又在接受偵訊了。

身為賽蕾娜的內褲大公開事件的犯人，我再次被拘留在警察局裡。

那次騷動再怎麼說都太誇張了。

跟班們也無法破除賽蕾娜的長袍，我一再灌注氣勢與魔力所施展的拘束技能，讓賽蕾娜當了很久的布包。

聽見我的呼喊而聚集過來的鄉民們成群圍在賽蕾娜身邊，甚至有流動攤販開始賣酒讓大家欣賞賽蕾娜的臀部配著喝，盛況空前。

聽說有這樣的騷動，警察趕到現場，再次逮捕了我……

在警局內的狹小房間當中，女騎士嘆了口氣。

「佐藤先生，我就把話挑明了說吧。你這樣我很為難。」

「話不是這麼說的吧，我也很傷腦筋啊。」

——我再次被捕後，警局的職員似乎去找達克妮絲了。

但據說達克妮絲表示她再也不想保我出去。

看來，上次在這個女騎士面前捉弄達克妮絲的舉動害了自己。

「……這次那位祭司報案了。再怎麼說，即使是和達斯堤尼斯爵士頗有交情的你，這次我們也不能隨便釋放。如果要釋放，就必須有具備足夠地位的人當你的保證人才行……」

「我想也是。」

一再拜託達克妮絲，再怎麼說都對她不太好意思。

即使她願意保我出去，我今後還是打算繼續做一堆八成會被逮捕的事情。

聽我那麼說，女騎士再次重重嘆了口氣。

接著她就這麼趴倒在桌子上，一改之前的認真態度，雙腳在地上亂踏，雙手在頭上亂抓。

「真是夠了！真是夠了！你為什麼又馬上被逮捕了啊！只要稍微不擇手段一點，以你的實力應該可以逃離我們職員的追捕才對吧！」

「喂，妳一個局長說那種話對嗎？」

聽我這麼說，女騎士猛然抬起頭。

「再說了，那個女人是怎樣啊？那些人看了她的內褲之後全都變成忠實的信徒了。她平常的表現確實是很優秀。以這個充滿怪胎的城鎮而言，她確實是少數有良知的人……但再怎麼說，信奉她的人增加的速度也太奇怪了。是怎樣？關鍵是內褲嗎？因為看了她的內褲就主動說要當她的信徒嗎？即使是古板如我，讓人家瞄一下內褲也可以獲得支持者嗎？這個城鎮的人很那個，這件事由於職業因素我最清楚也不過了……真是夠了，乾脆我也來……！」

……！

「那個時候來湊熱鬧的人全都變成信徒了？只是看了內褲而已耶。不，如果有哪個宗教團體的大姊姊祭司給我看內褲的話，我當然也會想要加入就是了……」

總覺得不太對勁。

這個城鎮的人經過夢魔服務的訓練，事到如今不過就是看見賽蕾娜的內褲而已，怎麼可能……？

不，有人讓自己大飽眼福或許是會表示一下感謝，但只是看內褲就變成信徒，再怎麼說也太奇怪了。

……感謝。

是怎樣，總覺得怪怪的。

感覺關鍵因素應該在侍奉復仇之神這一點。

待在賽蕾娜身邊的那些跟班。

之前那個由賽蕾娜治療重傷的男人也是其中一員。

沒錯，賽蕾娜幫他治好那麼嚴重的傷，他會變成信徒或許也是無可厚非。

但是，阿克婭之前進行的治療肯定比她的還要優秀。

如果要說是因為素行不良我也無話可說，但連復活都辦得到的阿克婭，更應該受人崇拜才對吧。

是怎樣，總覺得就差一步了。

去找賽蕾娜商量過事情，但是心願未能實現的芸芸還保持正常。

然後，賽蕾娜被我害得大露內褲，而看見那個景象的人全都變成了信徒。

換句話說……！

「佐藤先生！別發呆了，請你認真回答！告訴我那個女人的祕密！快說，快點全部招出來！」

……啊。

「啊啊啊啊啊啊啊啊！妳是怎樣啦————！感覺只差一點點就可以理出頭緒了，竟然在緊要關頭妨礙我，妳這個剩女騎士！」

「啊啊！你竟然說那種話！你剛才說了不該說的話！我們女騎士又不是自願變成剩女的，只是因為有了小孩之後會不方便出任務，所以才一直期待能明白我們的苦衷，又願意支持我們的優質男出現……不准摀住耳朵，佐藤先生！我希望你可以聽我在說什麼！還有，如果佐藤先生要叫我剩女的話，就請你介紹你認識的優質男給我……！」

女騎士一邊搖動桌子一邊大吵大鬧，而我將她的話語從腦中清空，逐漸統整想法。

賽蕾娜將人化為傀儡的條件，大概是施恩於人或是利用感謝的心情之類，應該就是這樣了吧。

那麼，該如何解除傀儡化呢？

或許帶阿克婭來就可以輕鬆解決，但要是那個傢伙的真面目被賽蕾娜發現，或是發生什麼萬一的話就死棋了，所以也不能用這招。

……不過呢，在思考那些事情之前。

「佐藤先生！即使個性有缺陷也無所謂，只要收入還算不錯，再來就是……家事了吧，我想要會做家事的老公。還有，有件事一定要確實做到，就是每天都要說一次愛我……！」

「吶，局長。我插個話。」

「……怎麼了？」

衝動地做出奇特言論的女騎士，不知為何露出一臉不悅的表情。

「我有件事情想拜託妳。我想寄封信，而且要寄特急件。要付多少錢都無所謂，拜託妳幫我設法送信給我在王都的朋友。」

5

「那麼，佐藤大人，請您路上小心！如果又遇到什麼問題的話，隨時都可以吩咐我！」

「好、好喔……多、多謝……」

在我寄出信之後的隔天。

態度變得截然不同的女騎士對我的敬禮，足以匹敵她之前面對達克妮絲的時候的禮數，完美到不行。

看來在她的心目中，似乎已經認定我是足以匹敵大貴族的人了。

之所以會這樣，是因為我隨手寫了信之後請她轉交的對象，是兩名住在王都的女子……

「沒想到佐藤大人不只和達斯堤尼斯爵士熟識，也和詩芳尼亞家有淵源啊……而且那位克萊兒大人還親筆回信，交代我們對待佐藤大人的時候千千萬萬不能有無禮之舉，這種事情我還是第一次聽說呢……」

我指定的收件人是擔任愛麗絲的護衛的兩名貴族，克萊兒和蕾茵。

自從她們兩個的回信寄到之後，女騎士直到昨天那種剛正不阿的態度都不知道消失到哪裡去了。

她一邊搓著手，一邊笑得非常燦爛。

「看蕾茵小姐帶著克萊兒大人的信哭著衝進這裡的時候，我還以為發生什麼大事了呢。佐藤大人真是個情場浪子！不只達斯堤尼斯爵士，連克萊兒大人和蕾茵小姐也都……！」

「不是，我說那個……事情不是妳想的那樣，不過算了……」

而且，我實在很想說妳誰啊。

女騎士似乎一心以為我和克萊兒還有蕾茵她們的關係也非常親密。

我在信上表示我已經恢復記憶，還有我遲早會為了那件事好好答謝她們。

然後還順便附註了一下，說我現在陷入有點麻煩的狀況，如果她們兩個願意為我掛個保證的話應該可以幫上一點忙，就只有這樣而已。

從送信過去的職員口中聽說我現在的狀況之後，克萊兒和蕾茵好像就連名當了保釋我的保證人。

「……這麼說來，她們兩個人呢？我想和她們打聲招呼。」

「克萊兒大人表示她從今天開始要暫時去偏遠的隱密別墅度假，所以即使您到王都去，她也絕對不在。蕾茵小姐剛才交代要我們釋放佐藤大人，並以連名保證人的身分留下文件之後，便施展瞬間移動魔法，不知道消失到哪裡去了。」

哎呀，她們就那麼怕我啊。

我在女騎士的帶領下，前往警察局的入口。

仔細一看，其他職員們也都立正站好，以敬禮的姿勢動也不動地目送我。

女騎士將手揹在身後，微微斜著頭露出笑容。

「佐藤大人。這樣一來，今後您在這個城鎮只要別做得太誇張，我們都可以睜一隻眼閉一隻眼，看是要調查還是騷擾那個祭司都隨您的便，請盡情發揮吧！」

「好、好喔，感謝……」

這個城鎮沒問題嗎？

騎士或者說貴族這類人種也太好懂了吧……

「應該說，之前聽妳說崇拜達克妮絲又怎樣的，所以我還以為妳這個人應該更正派一點才對。」

「我的意思是，身為地位那麼高的大貴族，明明想吃哪個帥氣貴族的長男都可以，卻還是一直維持單身，這點非常帥氣，所以對於我們單身貴族而言是崇拜的理想……這麼說來，佐藤大人擁有如此亮眼的人脈、名聲以及其他優點，而且我記得您還有一棟豪宅對吧……不僅如此，您所累積的財產更多到堪稱富豪的程度了是不是？」

「……原、原則上是。」

…………

「我二十三歲單身，其實是很會為伴侶犧牲奉獻的類型，大家都說脫了之後很有料，名叫蘆薈麗娜……」

「那我先走了！感謝妳的多方關照，改天我會再找時間答謝妳的！」

心裡只有不祥預感的我連忙離開警局。

——在隆重的送行之下走出警局之後，外面耀眼的亮光令我睜不開眼睛。

大概是因為習慣陰暗的拘留所了吧。

在眼睛還因為亮光而看不清楚的時候，我發現好像有人站在前面。

在早晨陽光照耀之下，顯得格外耀眼而鮮豔的一頭閃亮藍髮隨風飄舞。

帶給人柔和印象的淡藍色羽衣。

我看見的，是許久沒有見到的阿克婭，帶著平和而溫柔的笑容，展開雙手站在前方。簡直就像是在迎接分離已久的同伴回來似的。

「和真，歡迎回來！恭喜你重見天日！」

明明就叫她們乖乖待在豪宅裡，為什麼每次都只有這個傢伙不聽人家說的話啊？不過，我是有那麼一點開心。

儘管不知道箇中原由，但明明聽說現在豪宅外面很危險，她還是特地像這樣前來迎接被保出來的我。

我沒有多想，帶著放鬆的心情接近阿克婭……

「這樣一來，和真受到警察先生關照的次數就比我多了。你再也不能叫我前科犯了！吶，你感覺如何啊，以前我占據豪宅的時候故意報警的和真先生？後來動不動就叫我前科犯調侃我的和真先生？你感覺如何？你現在感覺如何啊？」

……………

這個臭婆娘！

「妳這個傢伙，該不會只是為了說那種無聊的事情才跑來這裡等我吧！開什麼玩笑啊，妳到底知不知道我進警局這麼多次最根本的原因是什麼啊！再說，我是為了保護城鎮的正義而被逮捕！不要跟妳那種雞毛蒜皮的犯罪行為混為一談，妳這個犯罪女神！」

「哇啊啊啊啊啊——！話不可以亂說喔，你小心遭天譴喔，你這個臭尼特！那你說說看啊，你為什麼一次又一次受到警方關照！快點說說看啊！問心無愧的話你就趕快說出來試試看啊！」

真是夠了，明明那麼久沒見，卻讓我想呼她一巴掌。

能說的話我幹嘛那麼辛苦啊！

應該說，賽蕾娜之前暴怒成那個樣子，難保她不會趁我被關出來的時候前來襲擊。

萬一陷入最糟糕的狀況，說得極端一點，只要阿克婭沒事就可以用復活魔法解決一切。

當然，那完全是最終手段。

或許是因為同樣身為祭司，賽蕾娜感覺也對阿克婭很有敵意，所以還是盡快把這個傢伙趕回去比較好。

我一邊用手勢趕阿克婭走，一邊對她說：

「好啦好啦，算我不對。我因為看那個祭司不爽，一時心浮氣躁就動手了。除此之外沒有其他理由，所以妳快點回豪宅裡龜著。話說回來，達克妮絲和惠惠是怎麼了？我明明就拜託她們看好妳耶。」

「她們兩個顧著看我的必殺才藝百式朧看到入迷了。那可是一旦發動之後，就得花上超過半天的時間才會結束的大型表演。而且，我窩在豪宅裡已經窩得很膩了。我又不是把龜在家裡當成工作的尼特，要我一直窩在家裡我會膩到受不了。你最近都一直在外面過夜不是嗎，只有和真一個人在外面玩，也太奸詐了吧。我也要加入你連夜開趴的行列。」

說著，阿克婭站到我身旁來。

看來，這個傻瓜明明不知道我接下來想做什麼，卻一心想著要跟來。

總之那個必殺才藝改天再叫她表演給我看，重點是現在該怎麼處理這個傢伙。

……算了，先填飽肚子再說吧。

警察局給的食物量太少了。

還是先去吃個飯，然後邊吃邊說服阿克婭……

這時，正當我像這樣一邊思考著接下來的行動，一邊帶著擅自跟上來的阿克婭走在街上，準備隨便找間店進去的時候。

我現在最不想見到的一群人就出現在眼前。

那群人當然就是……

「嗨，這麼快就出來啦，佐藤和真。我一直在等你呢……今天還有同伴和你一起啊？好了，咱們趕快做個了斷吧。我現在可是氣得怒火中燒啊！」

眼中布滿血絲，原本看似溫厚的假面具早已不見蹤影的賽蕾娜，還有她的跟班們——

6

「和真先生——！和真先生——！這是怎麼回事！為什麼大家要追殺我們啊！難道我做了什麼會被大家追殺的事情嗎……！……我頂多只有那麼一點點頭緒而已喔！」

「居然還有一點點喔，等那些傢伙恢復正常之後妳可要記得乖乖道歉！可惡——！那個女人趁我在警局的時候到底增加了多少信徒啊！鎮上的人也是，事情搞成這麼誇張，卻都完全不看我們一眼！」

我和阿克婭在鎮上到處逃竄。

應該說，追著我們跑的冒險者人數差不多有十個，但是鎮上的人們即使看見如此的騷動也沒有任何反應。

幸虧有阿克婭施展支援魔法為我強化，目前我們還沒被追上，但遲早都會被追到無路可逃吧。

……再說了。

「我本來以為那個傢伙應該比較偏向鬥智派耶！不過就是稍微騷擾她一下就這樣，未免也太易怒了吧，行動越來越隨便了！」

之前襲擊我的時候，她還會管有沒有人在看。

現在她已經完全不理會那些事情，行動也越來越不受限制，可見這個城鎮已經有相當比例的人被她洗腦了吧。

跑在我身邊快要哭出來的阿克婭大喊：

「吶——！我聽說和真的罪狀是性騷擾！可是原本那麼溫厚的那個祭司居然氣成這樣，你到底對她做了什麼啊！」

「又不是什麼了不起的事情！不過就是一次又一次做些雞毛蒜皮的小事情騷擾她，之後又試著冰凍一間沒有廁所的房子的入口讓她出不來，還散布奇怪的謠言，更叫一堆人過來，讓那些傢伙欣賞賽蕾娜的內褲大概不到一個小時而已耶！」

「我覺得你被她殺掉大概也是無可奈何的事情！」

該死的傢伙——！

我一路上故意將擺在店門口的商品翻倒，或是將水果撒在路面上當成障礙物。

一路奔馳的我不斷聽見叫罵聲從後面傳來，但我連一一道歉賠償的時間也沒有。

既然賽蕾娜像這樣在鎮上大大方方地追著我跑，最順理成章的想法就是已經有相當數量的鎮民變成敵人了吧。

天曉得誰已經傀儡化。

所以，我和阿克婭自然而然地往人煙稀少的方向跑。

儘管不知道箇中原由，阿克婭還是乖乖跟在我身邊逃跑。

這樣不太妙，要是這個傢伙有什麼萬一的話，就連想要復活都沒辦法。

是要讓阿克婭一個人逃進警察局好呢？

還是就這樣直接逃回豪宅……！

「喂，阿克婭，妳看見這個城鎮的人的時候有沒有什麼感覺！達克妮絲的老爸被詛咒的時候，妳不是一眼就看穿了嗎！妳沒有感覺到任何邪惡的力量嗎！」

「根據我清明澄澈的雙眼，現在這個城鎮中最邪惡的男人正在我身旁狂奔。」

這個臭婆娘——！

我看還是不要思考怎麼讓這個傢伙逃走，乾脆勾她的腳絆倒她，然後我趁機逃跑算了。

正當我這麼想的時候，後面傳來一個勝券在握的聲音。

「那個轉角的前方可是死巷喔，佐藤和真！太遺憾了，難道你沒有發現路上那些人是怎麼配置的嗎？你一路都在被我導向人煙稀少的地方！你繼續前進的話……！」

沒錯，這個轉角過去是死巷，而且還有一堵高牆。

在這個城鎮住久了，這種事情我當然知道。

「喂，阿克婭，再這樣下去我們會被追上。妳把手撐在牆壁上然後彎下腰！然後我會踩著妳爬上牆壁！接著我再從牆上把妳拉上去，就這麼辦吧！」

「原來如此，真是個完美的好主意！那和真去把手撐在牆上吧！我先爬上去再把和真拉上來就是了！」

「妳、妳這個傢伙……！」

並肩跑在全力衝刺的我身旁的阿克婭，一點都沒有喘不過氣的樣子，如此大聲秒回。

在一起相處久了，彼此在想什麼我們當然也很清楚。

我和阿克婭幾乎同時衝進轉角之後……！

「呼……！呼……！終、終於決定乖乖就範了是吧，佐藤和真……！你、你身邊那個祭司很不錯嘛，相當厲害啊……呼……呼……她的支援魔法……呼……呼……」

上氣不接下氣的賽蕾娜，追上在過了轉角之後停下腳步的我們，便氣喘吁吁地這麼說。

不久之後，賽蕾娜似乎發現了。

我和阿克婭並不是因為決定乖乖就範才停下腳步。

賽蕾娜順著停下腳步的我們的視線看了過去。

視線前方……

「歡迎光臨！吾等已經恭候各位貴客多時了呢！今天天氣甚佳，所以吾就與老闆一起出來擺攤了！」

「啊，歡迎光臨！巴尼爾先生說的沒錯，這種地方真的會有客人上門呢！」

是維茲和巴尼爾在死巷的地面上鋪著墊布，在那裡當起攤販來了。

——我真是受夠這個千里眼惡魔了。

7

「吶，你們這是在賣什麼啊？……是說，妳沒事嗎？頭上都在冒煙了耶。」

「因為剛才巴尼爾先生說『好不容易才把宰蟲小幫手處理掉，居然又進了這種稀奇古怪的東西！』罵了我一頓……不過沒關係的，阿克婭大人，我剛才已經補充了糖水所以身體不久之後就會再生，要是真的有危險再去找水就可以了……啊，阿克婭大人，那好像是巴尼爾先生今天的推薦商品喔！」

阿克婭在維茲身邊蹲下，物色起那項商品。

在兩人進行著如此與氣氛不合的祥和對話時。

「喂，巴尼爾，這是怎麼回事？你從我身上槓走所有財產還不夠嗎？」

「我說，你該不會暗地裡操控著這個世界上的所有事象吧？應該說，你們幹嘛在我們充滿緊張感的狀態下被追到無路可逃的地方擺攤啊？你到底預見到什麼程度了啊，混帳。」

我和賽蕾娜如此逼問巴尼爾。

一路對我緊追不捨的賽蕾娜跟班們大概是接獲命令了，都動也不動地待在稍遠的地方。

巴尼爾對咄咄逼人的我們笑著說：

「呼哈哈哈哈哈！兩位別那麼生氣嘛！現在吾的工作是賺錢，只要是有錢的味道的地方，無論是哪裡吾都會現身。放心吧，吾確實準備了汝等雙方都會想要的推薦道具。如何，要不要參考看看啊？」

巴尼爾也就算了，我們總不能在維茲面前開始戰鬥。

我和賽蕾娜對彼此使了個眼色，決定姑且先休戰。

……不，以現在的狀況而言，我乾脆當作沒有那個交易，向維茲告狀算了？

有巴尼爾和維茲，連身為女神的阿克婭也在，感覺總會有辦法解決。

問題是，雖然我跟維茲還有巴尼爾的交情很好，但他們會站在哪一邊還是很難說。

我不知道維茲和巴尼爾他們跟賽蕾娜的關係如何，知道的頂多只有他們原本是同事。

之前那隻史萊姆魔王軍幹部漢斯對人類動手的時候，維茲氣到抓狂了。

那個時候好像是因為維茲和魔王軍之間有某種約定，而漢斯破戒了……

但是關於現在的狀況，維茲會怎麼行動還很難說。

畢竟雖然只是掛名，她現在好歹也還是幹部。

話說回來，我想他們應該不至於和賽蕾娜一起攻擊這個城鎮就是了……

「喂，你可別動什麼歪腦筋喔。咱們今天還是和平相處吧。」

像是看穿了我的想法似的，賽蕾娜把臉湊到我耳邊如此低語。

……這個傢伙和之前那些幹部不同，腦袋很靈光，這點最棘手了。

「好了好了，兩位。別在那邊說悄悄話了，來看看吾的商品吧？即使不用千里眼的能力，吾也能夠保證兩位肯定深受吸引。」

聽了他啟人疑竇的說詞，我和賽蕾娜面面相覷。

不久之後，巴尼爾拿出一張紙。

「首先是這個！表明無論在這城鎮策劃任何陰謀，吾也不會妨礙首謀者的誓約書……」

巴尼爾還沒全部說完，賽蕾娜就把那張紙搶走了。

這麼說來，巴尼爾說過賽蕾娜的真實身分是顧客的個人資訊所以他不會洩漏，但是沒說過不會妨礙她。

身為惡魔的巴尼爾對契約相當講究。

可惡，早知道我就先動手搶了……

「吶，巴尼爾，我能出的價錢肯定比較高喔。那個不如賣給我吧？」

聽我這麼說，賽蕾娜以勝利者的的姿態表示：

「喂喂，這種事情當然是先搶先贏吧？巴尼爾，你要多少錢？」

「七十三萬零三百三十艾莉絲。」

「又是所有財產喔！最近這陣子我好不容易一點一點存到這麼多，你給我適可而止！」

賽蕾娜一邊怒吼，一邊把錢包砸向巴尼爾。

「多謝惠顧——！」

……啊。

「喂，賽蕾娜，這麼說來妳還欠我錢對吧！喂，現在就還來！妳明明就說我獨力妨礙妳的話就會以幹部身分光明正大地接受挑戰！如果是一對一也就算了，既然妳要打破約定烙一堆人來追我那就還錢來！……嘿嘿嘿，這樣一來妳就必須把妳從巴尼爾那裡買來的東西還回去了吧！」

「你、你這個傢伙……！該死，喂，你！」

聽我這麼說，賽蕾娜叫了其中一個跟班。

原本呆呆站著的那個傢伙面無表情地來到賽蕾娜身邊。

「喂，把錢交出來……拿去，這樣就可以了吧！」

賽蕾娜從那個跟班手上搶過錢，然後把錢交給我。

可惡，果然不會那麼順利。

……這時。

「…………？……怪、怪了……？我在這種地方幹嘛啊……？」

「嘖！」

被搶錢的冒險者瞬間恢復正常，而賽蕾娜見狀嘖了一聲。

……這樣啊。

「不好意思，可以打擾你一下嗎？」

賽蕾娜以平靜的語氣向恢復正常的冒險者搭話。

「奇怪，我記得……啊，請問有什麼事嗎，賽蕾娜小姐？妳怎麼拎著裙襬…………！」

然後她露出嬌羞的表情，卻自己掀起裙襬，將裙底風光秀給對方看。
「請問……你看了這個有什麼感覺？」
「謝謝妳！謝謝妳！謝謝……妳……」
看了賽蕾娜的裙底風光，男冒險者開始拜謝她。
拜著拜著，他的表情逐漸變回原本呆滯的模樣。
……………這樣啊。
「吶，妳看到了嗎？那個假裝走清純路線的祭司，剛才做出非常不得了的舉動耶！好個女色狼啊，真是下流！」
「賽蕾絲迪娜小姐也真是的，明明原本是那麼大剌剌的人，結果才一陣子沒見就變得這麼放縱……」
「妳叫她賽蕾絲迪娜是怎樣？妳認識那個祭司啊？」
看見賽蕾娜的行動，維茲和阿克婭遠遠看著她交頭接耳了起來。
而賽蕾娜絲毫不介意兩人的反應，看著男冒險者變乖之後似乎察覺到我的視線，便嘖了一聲，轉過頭去。
「喂，巴尼爾，這樣你就不會妨礙我了吧！這張紙就當作是你我之間的契約對吧？」
「嗯，當作是契約就對了。吾等惡魔絕不會違反契約。儘管放心吧……那麼，小鬼。」

嗯嗯，看來果然是欠了賽蕾娜什麼恩情就會遭受支配。

然後，要解除傀儡狀態，就得將受到的恩惠或是什麼的還清，即使是別的形式也無所謂，有借有還就行。

沒錯，就像剛才那個男人被賽蕾娜搶走錢的時候一樣。

賽蕾娜露內褲給那個男人看，一定是因為在被我變成布包的時候信徒人數一口氣大增，食髓知味了吧。

的確，想要快速進行傀儡化，那或許是個好方法。

「喂，小鬼。接下來是要推薦給汝的商品喔。」

……不對，可是話說回來。

賽蕾娜變成布包狀態的時候，已經傀儡化的那些跟班偶然看見賽蕾娜的內褲，結果瞬間恢復正常。

那是怎麼回事呢……？

「……喂，最近連日在外面過夜的時候都叫某種服務，不只豪宅裡的那兩個，甚至連在場的女人們也幾乎都用來當作享樂對象的……」

「好讓我們來看看商品吧！怎麼了巴尼爾，你到底想要我買什麼！現在我有的是錢，你拿什麼出來我都買！」

在賽蕾娜以看垃圾的眼神對準我的時候，我看著巴尼爾準備的商品……

「……這是什麼？」

「排在這個箱子裡面的，是敝店的廢物老闆以前進的貨，派不上用場的魔藥系列。」

你自己都說派不上用場了。

「比方說這個！能力值提升魔藥（改）。這是昂貴的能力值提升魔藥改造品，功效更勝一般魔藥。」

「……然後呢，副作用是什麼？」

「提升能力值的同時，相對的能力值會跟著下降。」

……相對的能力值？

「比方說，喝了這個會怎樣？」

「力量的參數會急遽增加。相對的智力會下降。」

原來如此。

「給不需要智力的戰士系職業的人用，或許其實挺有用的……？」

見我對那個產生興趣，賽蕾娜便拎起魔藥沉思。

「你說智力會下降，是會下降多少啊？」

「肯定會降到比小鬼隊上的藍髮祭司還要低。」

我把魔藥塞回去給巴尼爾。

「不然這個如何？禁忌魔藥系列第一炮！最適合用來賺經驗值，喝下去就會終生被魔物包圍的魔藥！毛囊全部死光換取魔力大幅提升的魔藥！失去所有魔力換取等級大幅提升的魔藥！能夠吸引異性但體味會變成哥布林臭味的魔藥！推薦給想要再次從頭進行艱苦修練的超級受虐狂，等級重置魔藥！」

「根本全部都是工業廢棄物嘛，誰要那種東西啊！」

我不禁吐嘈時。

「還有解除傀儡化的魔藥！」

「「啥！」」

巴尼爾最後輕描淡寫地拿出一個誇張到不行的方便道具。

「哎呀，看來兩位很有興趣呢！這是用來解除特殊異常狀態『傀儡』的魔藥。照理來說，現在已經沒有使用那種特殊能力的怪物生存於世了，如今只有某個冷門邪神在使用這種稀有的異常狀態……」

「不准說蕾吉娜大人是冷門邪神，混帳東西！」

沒有理會義憤填膺的賽蕾娜，我從巴尼爾手上接過那瓶魔藥。

「只有這一瓶嗎？」

聽我這麼問，巴尼爾指了指維茲那邊。

只見蹲著的阿克婭面前擺了許多魔藥。

可惡，這的確是幫了我一個大忙，但是被巴尼爾隨心所欲地玩弄於股掌之間到了這種地步，再怎麼說都讓人不太甘心。

儘管是敵對關係，不過我想賽蕾娜的心情恐怕也一樣吧。

賽蕾娜看著那種魔藥，表情苦澀地表示：

「……你不是簽了契約說不會妨礙我嗎？」

「呼哈哈哈哈，千里眼惡魔在此斷言！這種魔藥即使落入小鬼手上也妨礙不了汝！不僅如此，總有一天，汝一定會深深感謝小鬼帶著這個東西。好了小鬼，禁忌魔藥系列，加上吾剛才給你的傀儡解除魔藥，都是免費贈品！那麼，接下來才是正題！只要汝購買擺在那裡的傀儡解除魔藥一箱，不須額外加價……！」

巴尼爾一邊心情愉悅地放聲大笑，一邊再次指著裝了魔藥的箱子。

「啊啊，阿克婭大人妳在做什麼。那些雖然是現在已經沒有用處的魔藥，但也是巴尼爾先生一大早就開始辛勤準備的東西。不可以把手指伸進瓶子裡面。」

「話不是那麼說的吧，妳的身影都變得這麼稀薄了，還是稍微攝取一點水分吧。既然是沒有用處的魔藥應該沒關係。來吧，我把這些全部變成乾淨的清水了，快從頭上澆下。」

「不好意思，阿克婭大人，謝謝妳…………可是，裡面稍微混了一點阿克婭大人的神聖力量，所以我覺得有點刺痛。」

「「「…………………………」」」

看著兩人的互動，我和巴尼爾、賽蕾娜三個人不禁說不出話來。

在這樣的狀況之下，唯有不斷將我們玩弄於股掌之間的巴尼爾一個人，望著維茲和阿克婭茫然地僵在原地。

「「……噗呼！」」

「！」

其實不應該笑的，我和賽蕾娜卻同時噴笑。

8

「呼哈哈哈哈哈哈！呼哈哈哈哈哈哈！沒想到吾也有百密一疏的時候！吾果然早就應該

收拾掉汝了，廁所女神啊！」

「有本事你就放馬過來啊，面具惡魔！我不知道你想強迫推銷什麼東西給我們家和真先生，但是詭計無法得逞就遷怒別人，你不覺得這樣很丟臉嗎？這樣真的還算是大惡魔嗎？大惡魔三個字該不會是你自稱的吧？商品報銷了你現在感覺如何啊？吶，感覺如何啊？你超好笑的耶！呵呵呵，噗呵呵呵！」

「「…………」」

「『巴尼爾式殺人光線』！」

「『Reflect』——！」

——我指著背後的大騷動，一邊嘆氣一邊對賽蕾娜說：

「……喂，那兩個人要怎麼處理啊？」

「……別問我，我也不知道該怎麼辦才好。最根本的問題是，那個能夠和巴尼爾正面交鋒的祭司是什麼東西啊？」

基本上是女神。

賽蕾娜重重嘆了一口氣，看了大概是因為遭受間接攻擊而燒焦的維茲一眼之後，閉上了眼睛。

「唯一有可能阻止他們的維茲已經第一個被幹掉了，大概無計可施了吧。我在幹部當中也是屬於不怎麼強的那一邊……唉——總覺得這一切都好無謂。感覺和你扯上關係就不會有什麼好事……你身邊太多稀奇古怪的人了。反正，除了能夠和巴尼爾打成平手的那個女人以外，你身邊的人或是認識的人當中一定還有一堆危險人物對吧？」

我無法否認。

以我們隊上最引以為傲的那個腦袋有問題的女孩為首，加上紅魔之里那些人，更不用提我那個人類當中最強的乾妹妹。

或許是從我難以言喻的表情當中看出我在想什麼了，賽蕾娜露出厭惡的表情。

「唉……算了，我放棄這個城鎮。老實說，我太小看你了。早知道應該一開始就認真對付你才對。」

這麼說完，賽蕾娜重重嘆了口氣。

她陰鬱的視線看向依然在大打出手的巴尼爾和阿克婭。

……好吧，也難怪她會這麼想。

誰想認真對付這群稀奇古怪的傢伙啊？

「汝這個低賤的女神，那些被汝報銷的魔藥，汝必須全額賠償！」

「啊哈哈哈哈！汝，自以為一切都照你所想的在運作，卻每次每次都在最後關頭無法如願的惡魔啊！我拒絕賠償。我把沒有用處的魔藥變成阿克婭牌的好喝飲水，反而應該是你要付我錢吧！」

「不准模仿吾稱呼他人的台詞！那可是吾的註冊商標啊！是可忍孰不可忍，吾要痛扁汝一頓再搶走汝的所有財產！」

…………嗯，不能怪她。

不過，能夠圓滿收場的話，我也比較想要這樣

而且，原則上我也已經幫阿克婭報仇過了。

…………

……不對不對！

我又不是因為阿克婭垂頭喪氣才給她那一腳的。

並不是為了那時顯得格外失落的阿克婭才去找魔王軍幹部的麻煩。

和那隻米蟲無關，我是為了抒發自己胸口那股鬱悶之氣才那麼做的。

我不斷對自己這麼說，同時向賽蕾娜開了口：

「那我們就算是和解嘍。先告訴妳，我真的對魔王完全沒興趣，你們更不需要把我當成危險因素。老實說，在這種和平的城鎮過生活，跟我說魔王軍和人類正在進行賭上世界命運的戰爭，我也一點感覺都沒有。說真的，對我而言，只要沒有人來弄我，我也不打算無謂生事喔。」

「知道了知道了。那麼，我會轉告魔王，說你和這個城鎮都不值得一提，不需要擔心任何事情。然後我也會乖乖離開這個城鎮。這樣就可以了吧？」

聽賽蕾娜態度隨便地這麼說，鬆了一口氣的我表示：

「好，那就這樣說定了……呼，妳剛才說自己在幹部中也是不怎麼強的那一邊，但是和妳對峙的時候我也很提心吊膽好嗎。不要再管我這種最弱職業的傢伙了，幹部就應該有幹部樣，策劃一些更重大的謀略去吧……」

我不禁回想起最近這一陣子頗有緊張感的每一天，如此抱怨。

而賽蕾娜依然將視線放在巴尼爾和阿克婭的對決上，聳了聳肩。

「這個嘛，我也有很多苦衷的。不過那些也已經無所謂了就是……唉——心情有夠沉重的。你或許可以就此了事，但我接下來還要去向魔王那個傢伙報告啊。」

略顯倦怠地望著正在打架的女神和惡魔，賽蕾娜也一樣發起牢騷。

「拉攏為同伴，或是殺掉。我原本接獲的指令是要這樣處置你的呢…………算了，我想辦法編一套說辭就是了，畢竟我也不想再和你扯上關係了。你害我在大庭廣眾之下出盡洋相那件事我也會忘記。所以，你也把那些恩恩怨怨忘了吧。」

「知道了知道了，那這樣我們就一切歸零，互不相欠了喔。」

一邊聽我這麼說。

賽蕾娜一邊把手伸進神官服裡，從懷裡拿出看似煙管的東西和菸草。

她將菸草塞進煙管的前端之後，用看起來非常熟悉的東西點了火。

然後，她緩緩吸了一口煙——

「——這樣一來，你再也不會被魔王軍盯上了吧。對了，就當作是順便。你的同伴當中有個叫惠惠的對吧？那個傢伙也被我們懸賞了，要不要也一起解除啊？」

真的假的，那個傢伙不知不覺間也受到那種待遇了嗎？

成為魔王軍的懸賞對象，這種事情她本人聽見應該會很開心吧，不過……

「拜託妳千萬要一起解除。應該說我是不是也被懸賞了啊？如果懸賞獎金很高的話，拜託順便處理一下。」

「知道了知道了，包在我身上。我會好好安排的。」

賽蕾娜一臉厭倦地吐出煙，然後再次銜住煙管。

「唉……真是的，記得稍微感謝我一下喔。」

說著。

賽蕾娜依然沒有將視線轉向我，繼續茫然望著阿克婭她們的戰鬥，再次吸了一口菸。

「好，我感謝妳的地方可多了。可是，盯上我也就算了，妳在這種城鎮到底有什麼企圖啊？這裡不過是新進冒險者們的……」

……怪了？

怎麼搞的，總覺得不太對勁。

「……你說了喔。」

賽蕾娜依然沒有看向我。

只是輕輕吐出紫煙，同時如此低語。

……什麼說不說的……我剛才說了什麼啊？

感覺身體不太對勁，這是怎樣…………應該說，腦袋也昏昏沉沉的……？

……………啊。

……糟……糕了……！

「哎呀呀，你這個傢伙真是了不起。你對我的能力已經心裡有數了對吧？能夠察明我的能力本質到這種地步的人，你或許是第一個吧。」

啊啊，糟糕……這、這個傢伙太卑鄙了……！

居然趁著巴尼爾和阿克婭大吵大鬧，場面失控，害我放下戒心的時候……

「你問我在這種新進冒險者的城鎮有何企圖？很好很好，你想知道什麼我都告訴你，要記得感謝我喔，我可是有問必答的人。是你主動問的，所以這也算你欠我一次喔。」

糟糕……糟糕……！

喂，閉嘴，還是算了，別再說下去了……！

即使腦中這麼想，我卻無法出聲。

應該說，我連身體都無法隨意行動，沉重到不行。

「你太卑鄙了，從剛才就一直拿維茲當擋箭牌，不准這樣！……吶，我總覺得維茲之前都還沒有透明到這種程度過耶。」

「那汝就別再施展驅魔的魔法不就得了！……哎呀？不好，玩過頭了。這是危險訊號，再這樣下去老闆會消失。」

「現現現、現在怎麼辦！吶，要怎麼辦？要是對維茲施展恢復魔法會害她消失！」

「那個包包裡有糖水，讓老闆吸收一點試試看好了。平常這招都百試百靈。之後就會像甲蟲一樣再次復活了吧…………大概……」

阿克婭和巴尼爾夾著變得越來越透明的維茲如此吵鬧。

在這樣的狀況下。

——賽蕾娜轉過頭來看向我。

嘴角掛著勝券在握的驕傲笑容。

「其實是這樣的。過不了多久，我們將派遣軍隊過來這個城鎮。話雖如此，這個城鎮位置偏僻，離最前線太遠了，所以不可能走公路行軍到這裡來。我們會用瞬間移動魔法，傳送一支人數有限，不算太多的部隊過來。不過呢，這個城鎮只有新進冒險者，人數不用太多也十分充裕吧。」

喂，閉嘴，不准說。

「你知不知道一個名叫迪克的墮天使？他來到這個城鎮之後就下落不明了。」

……？

對了，我記得是有那麼一個說要當魔王軍幹部，前來挑戰維茲的墮天使。

「看來你好像知道。難不成那個傢伙也是被你幹掉的嗎？那個傢伙傳了書面報告回來，叫我們要提防你。」

那個傢伙真的很愛多此一舉。

不過，我記得那個墮天使說過類似的話，說這個城鎮可能會被選為最重要攻略據點。

換句話說，這個城鎮會遭受攻擊，都是我害的嗎？

不，那種事情一點也不重要，再多問下去真的會很不妙！

「啊啊，你可別誤會喔。這個城鎮從很久以前就被列為攻擊目標了。早在好幾個幹部都在這裡消失，又有重要懸賞目標在這裡遭到破壞，成為眾所矚目之地以前就是了。」

住口……！

…………

「為、為什麼……？」

我鞭策憑自己的意識難以動彈的身體，硬是張開嘴。

叫賽蕾娜告訴我重大祕密，傀儡化就會隨之惡化。

這個我知道。

我知道，但是……

「就因為這裡是『新進冒險者的城鎮』。因為這裡是新手起步的城鎮。儘管現在是魔王軍幹部，我也是人類。或許看不出來，但以前我也吃過冒險者這行飯。當然，我在立志成為冒險者的時候，一開始也是請人家送我到這個城鎮來。任何人都是在這裡接第一個任務。這裡是新進冒險者的城鎮，阿克塞爾。特地建立在這個世界最弱小的怪物棲息的地方，供新進冒險者修練的城鎮。」

以遊戲而言就像是起點一樣。

這裡明明應該是新手鎮，不知為何我卻只記得我們在這裡吃了非常多苦頭呢。

「那麼，要是這個新進冒險者的城鎮沒了的話呢？對於真正的新手而言，就連人人覺得算是很好賺的怪物哥布林手上布滿紅鏽的刀也很危險。巨型蟾蜍那種只要人數夠多就可以輕鬆解決的簡單怪物只棲息在這一帶。問題來了，如果這個城鎮沒了，新手們到底應該去哪裡鍛鍊？」

……原來如此。

「你知道嗎？紅魔族採用一種名為養殖的神祕修練法，而除了類似這樣的極少數例外之外，無論是多麼出名的冒險者一開始都是從這裡出發的。然後在這裡提升等級，接著因應等級移動到其他城鎮去。除非有什麼特別的理由，否則等級提升到某個程度的人都會離開這個城鎮。像這樣成長茁壯的傢伙們，總有一天會出現在前方阻擋我們。」

不行，我不能再聽下去了…………

「那些名字奇特的人不再出現之後，現在只要這個城鎮沒了，冒險者供給就會停擺……

魔王軍幹部之首，也就是魔王的女兒，她正計劃在近期內派出大部隊，襲擊位於人類對抗魔王軍的最前線的要塞與王都。到時候想必會造成相當人數的冒險者傷亡吧……在這種狀況下，一邊等待新戰力到來一邊戰鬥的人類，如果聽說充當冒險者訓練所的這個城鎮遭到毀滅的話，會怎樣呢？」

……當然會士氣大降吧。

在這個充斥著怪物的世界想要復興一個城鎮，不知道得花上幾十年…………

啊啊……意識越來越模糊了…………

「……差不多已經到達極限，連我的話都快要聽不見了吧？這種能力不是詛咒。任何人都無法抵抗。即使是像你這麼強的男人也絕對不可能。不過你儘管放心，如果是你真心討厭的命令，雖然會伴隨劇烈的痛苦，但還是能夠抗拒。反正以你的個性也不可能乖乖當我的傀儡吧？好了……就讓我看看你能抵抗我的命令到什麼地步吧，我很期待喔……！」

賽蕾娜的聲音聽起來很開心。

聽著她的聲音，我終於變得什麼都無法思考……

——最後，我聽見賽蕾娜輕如耳語般的聲音。

「來吧，傾聽我的聲音……你感覺到自己的內心深處有著未曾熄滅的餘燼對吧？那就是你至今受過的屈辱、不公、不義、嘲諷……回想起來吧。你被這個城鎮的居民看得很扁對吧？是不是有人因為你是最弱職業而瞧不起你？是不是覺得隊友都在拖累你而感到憤怒？」

這番甜如蜜的話語逐漸滲入我的心胸。

「沒錯，你因為收拾善後的總是自己而心懷怨懟……不過你不需要再忍耐了。捨棄良心吧。捨棄常識吧。捨棄忍耐吧。捨棄道德吧……來，和我一起復仇吧。我的夥伴們終將大舉攻向這個城鎮。到時候，你就和我還有其他傀儡們一起從內側接應。好了，對這個城鎮的居民們，對那些原本是你的隊友的傢伙盡情復仇吧——！」

「——維茲，妳還好嗎？瞧，妳認得出我是誰嗎？」

「……？阿克婭大人？還有巴尼爾先生？你們怎麼了，為什麼要貼得這麼近看我的臉啊……？」

「嗯，既然沒有事發前後的記憶，就不需要放在心上了。據吾所見，不要硬是回想起來為佳。」

「是、是啊！既然想不起來的話，就表示不要想起來比較好！」

蹲在維茲身旁的阿克婭開了口。

「和真——我們也差不多該回家了吧。和真不在的這幾天，達克妮絲和惠惠都像熊一樣在豪宅裡面來回踱步，怪可怕的。我想要你快點回家，安撫她們兩個。」

她這麼說完，朝著我走過來。

儘管對賽蕾娜大人略顯警戒，阿克婭還是來到我身邊，伸出手準備帶我回家……

……而我輕輕一偏，躲過阿克婭伸出來的手。

「…………？」

阿克婭一臉不解，歪著頭看我。

看見阿克婭的表現，賽蕾娜大人顯得非常開心。

肩膀因為忍著笑而不住微微抖動的賽蕾娜大人開了口：

「這個男人啊……他說已經不想回去妳們身邊了。他變成我的夥伴了。對吧和真？那瓶解除傀儡化的魔藥，你也已經不需要了對吧？說吧，親口告訴那個傢伙！」

聽「賽蕾娜大人」這麼說，我開了口：

「從今天開始，我就是蕾吉娜教徒了。今後我要和賽蕾娜大人一起行動。事情就是這樣，妳跟大家說一聲。」

9

走在我前面的賽蕾娜大人好像在沉思。

不知道是怎麼了，是不是有什麼煩惱啊？

……這時，賽蕾娜大人停下腳步。

然後轉過頭來對我說：

「吶……你現在已經傀儡化了對吧？我說的話就是聖旨對吧？」

說的還是這種令人費解又理所當然的話。

我露出一臉像是在表達「你在說什麼啊」的認真表情，對賽蕾娜大人說：

「那還用得著問嗎，賽蕾娜大人。如果是為了賽蕾娜大人，即使是命令我為了支撐那對看起來就很重的胸部而充當胸罩一整天，我也會開心照辦。」

「是、是喔，這、這樣啊……不過，我不會命令你做那種蠢事的，你放心吧。只是因為之前的傀儡都不曾說過要當蕾吉娜教徒那種話，讓我有點在意。嗯，那就……別在意……」

即使聽我這麼說，賽蕾娜大人依然歪著頭，但也再次邁開步伐。

不久之後，賽蕾娜大人的肩膀開始顫抖，感覺像是壓抑不住喜悅似的。

「……終於啊。」

賽蕾娜大人以只有我聽得見的音量如此低語。

「你知道嗎，和真！你知不知道我為了這一刻引頸企盼了多久！蕾吉娜女神被紅魔族那些人綁架還遭到封印，我因而失去力量之後，在魔王軍裡的立場變得多麼難堪你知道嗎！」

「我不知道。」

「這樣啊，那你就閉著嘴乖乖聽我說！據今幾年前，蕾吉娜女神的封印不知為何解除了。正當我還在因為這件事讓我恢復力量而竊喜的時候，不久之前又發生了一件事。有一天，蕾吉娜女神賜予我的力量突然暴增！沒錯，因為我長年以來不斷努力，蕾吉娜女神給了我特別的眷顧！」

「純粹只是因為蕾吉娜教徒終於只剩下賽蕾娜大人一個而已吧。」

「我不是叫你閉著嘴乖乖聽我說嗎，不要在我心情正好的時候亂插嘴！」

——宣告要當蕾吉娜教徒之後。

阿克婭一邊哭一邊不知道在鬼吼鬼叫什麼，不過賽蕾娜大人露出宣告勝利的驕傲笑容之後，便帶著我一起離開現場。

順道一提，巴尼爾給我的傀儡化解除魔藥，我為了讓哭個不停的阿克婭閉嘴而給了她。

不過阿克婭似乎不知道那瓶魔藥是什麼。

成為賽蕾娜大人虔誠的屬下之後，我已經不需要那種危險的東西了。

和阿克婭他們分開之後，賽蕾娜大人表示既然已經得到我這枚優秀的棋子，就該搬去新的據點了。

賽蕾娜大人竟然還說，為了保險起見，要弱化對其他傀儡的支配力，進而增強對我的支配力。

好像還說什麼支配力有一定的容量之類。

或許是一次能夠傀儡化的人數有限吧。

而且，既然要增強對我的支配力，就表示我的能力對於賽蕾娜大人而言有多麼重要。

於是，我對興高采烈地走在前面的賽蕾娜大人問了必須趁現在問清楚的事情。

「對了，賽蕾娜大人。解除我的傀儡化的條件是什麼啊？」

聽我這麼說，賽蕾娜大人立刻站定。

「……你真的傀儡化了對吧？既然如此，為什麼還要問那種問題？」

同時頭也不回地以嚴肅的聲音對我這麼說。

「不，萬一賽蕾娜大人對我的支配解除了，會傷腦筋的人是我。所以我想盡可能避免接近會解除傀儡化的事物。」

聽我淡定地如此回答，賽蕾娜大人驚訝地轉過頭來。

最後，賽蕾娜大人更以雙手捧著我的臉，仔細端詳了起來。

「……你……？……嗯，我的確在你身上感覺到一股強大的蕾吉娜女神的力量。這是怎麼回事？該不會是這樣吧？我增強支配力增強過了頭，導致洗腦的作用過於強大了嗎……？與其說是傀儡，更像是能夠自己確實思考進而行動的僕人…………算了，這樣對我而言反而更好。就拜託你繼續保持這樣嘍。」

「那是當然了，賽蕾娜大人。」

聽我如此秒答，賽蕾娜大人滿意地點了點頭。

「很好很好，那我就告訴你好了，這樣也算是你欠我一次……首先是以代價償還你積欠我的恩情。這一點，我想你應該已經知道了吧。其次，是強烈的信仰心……你還記得吧，你把我綁起來露內褲給傀儡看的時候，那些傢伙瞬間恢復正常了對吧。類似那種偶然的產物，換句話說，就是有會讓人不禁感謝自己所信仰的神祇的幸運之事降臨的時候特別危險。我不知道你信仰的是哪個神明，不過你要當心喔。」

「沒問題的，我信仰的是蕾吉娜女神。要是碰上在浴室撞見賽蕾娜大人之類的偶發養眼場面，我只會用力感謝蕾吉娜女神。」

「這、這樣啊……不對，你可別逞強喔。無論是怎樣的人都一樣，世界上不存在沒有任何信仰對象的人。即使信仰對象不是神明也一樣，像是崇拜惡魔或是崇拜邪神的人之類的，人類總會有信仰的對象。你在信仰蕾吉娜女神之前的信仰對象是什麼？」

「不，我無宗無派。」

「哈哈，這樣啊，無宗無派是吧。算了，你不想說也沒差。咱們好好相處吧，搭檔。」

說我是搭檔呢。

這樣我就得為了賽蕾娜大人更盡情努力才行。

「好，今天就挑這間旅店吧。雖然看起來有點貴，不過偶爾住一晚也好。好了，和真，你去付錢吧。」

「我拒絕。」

在頗為潔淨的旅店前面。

我對賽蕾娜大人如此秒答。

「……你剛才說什麼？」

「我說我拒絕。要是我付了錢，不就形同是償還了積欠賽蕾娜大人的恩情嗎？傀儡化會解除喔。」

「對、對喔……也對……可是不對啊。咦咦——？算、算了……」

賽蕾娜大人不知道在煩惱什麼，但還是拿出了錢包。

接著打開錢包一看……

「啊！糟糕，這麼說來我又被巴尼爾敲竹槓了！喂，和真，現在先別管什麼欠不欠的了，你先拿點錢出來！我已經解放了幾個其他的傀儡，增強對你的支配力了。只是出錢這種程度的事情還不至於解除傀儡化……」

「不可以啊，賽蕾娜大人！疏忽一時後悔一世！我所知道的漫畫和遊戲裡面的邪惡幹部，多半都是在最後攻殺的部分因為一時疏忽而敗北。沒辦法，這次我先隨便找人籌錢就是了。」

「慢、慢話……？油系……？算、算了，就麻煩你…………奇怪？可是這樣的話，到頭來一樣算是你還了我一次吧……？」

沒有理會不知道在碎唸什麼的賽蕾娜大人，我找上一個碰巧在旅店前面閒晃的冒險者。

「不好意思，可以打擾你一下嗎？其實是這樣的，這位賽蕾娜大人正在為錢所苦，現在連旅店的錢都付不出來。可憐的賽蕾娜大人就是這麼貧困又沒有生活能力，麻煩你救濟一下好嗎？」

「咦咦！」

賽蕾娜大人驚訝的聲音從我的背後傳來。

這時，眼前的男性冒險者二話不說地拿出錢包。

「賽蕾娜大人有困難啊？包在我身上，即使賽蕾娜大人那麼貧困…………賽蕾娜大人？為什麼我要稱呼她為大人啊？……算了，拿去吧。真是的，祭司受人施捨不太對吧？賽蕾娜小姐，振作一點好嗎？」

「啊……那、那個……真是不好意思……」

聽她那麼說，賽蕾娜大人羞赧地低下頭。

男性冒險者給了我一些錢之後，就這麼消失到別的地方去了。

看來剛才那個男的是賽蕾娜大人的信徒之一。

剛才那樣好像解除了他的傀儡化，不過不成問題。

畢竟賽蕾娜大人有我在。

「啊……啊啊……那個傢伙是個武功相當高強的冒險者耶……不過這也是無可奈何的事情，和真，我們走。你快點用那些錢付帳去。」

「遵命。那麼，在那之前。」

賽蕾娜大人顯得有些疲憊。

面對這樣的賽蕾娜大人，我在前去支付住宿費之前，一把抓住那對豐滿的胸部。然後就這麼默默揉了起來。

「「…………」」

我和一臉茫然的賽蕾娜大人四目對望。

雙手繼續揉著那對柔軟的胸部。

這時，賽蕾娜大人突然揮開我的手。

「你你你你、你這個傢伙！咦，是怎樣！你在幹嘛？喂，你這是在幹嘛！」

陷入恐慌的賽蕾娜大人也不管還有別人在看，如此大聲呼喊。

「請冷靜一點，賽蕾娜大人。有人在看。」

「那是我該說的話好嗎！就是說啊，有人在看耶！你沒頭沒腦的在幹嘛啊！為什麼要突然揉我的胸部！」

賽蕾娜大人說了奇怪的話。

「賽蕾娜大人在說什麼啊，我可是為了賽蕾娜大人去籌錢耶。換句話說，我欠賽蕾娜大人的恩情減弱了。這樣一來，我必須再次得到賽蕾娜大人支付的代價，才能避免我的傀儡化

解除。可是賽蕾娜大人沒有錢。既然如此，在這個狀況下就必須請您用身體支付了。」

「！？！？是、是這樣嗎？等等，不對喔，這樣不會很奇怪嗎？不對啊，在剛才那個冒險者心目中，他施捨的對象是我……他用那種蔑視的眼神看著我，也因為這樣那個男人的傀儡化才會解除，所以這樣應該算是我憑自己的力量籌錢吧…………怪了——？」

我丟下說了一堆我聽不太懂的話的賽蕾娜大人，為了用剛才得到的錢訂房間而前往旅店。

「——呼。這樣到底算不算是得到強力的王牌了啊……總覺得我開始搞不太清楚狀況了……」

賽蕾娜大人一邊嘆氣一邊閉上雙眼，倒頭躺到床上去。

不知道是怎麼了，是不是有什麼煩惱啊？

疲憊的賽蕾娜大人。

這種時候，還是幫賽蕾娜大人按摩一下肩膀好了。

「您是不是操勞過度了啊，賽蕾娜大人。要不要我幫您按摩肩膀？」

「嗯啊？這樣啊？不好意思，那就……」

賽蕾娜撐起已經閉上的眼皮的其中一邊……

「……喂，你為什麼會在這個房間裡面？」

然後說出這種奇怪的話。

「哪有為什麼，因為那些錢只夠訂一個人的房間啊。沒關係，就算床擠了一點我也不會抱怨，您不用在意。」

「我很在意！我超在意的好嗎！你是怎樣啊！為什麼一副理所當然要和我一起睡的樣子啊！我還以為你對女人應該更沒轍一點耶！」

「賽蕾娜大人不是命令我了嗎……你不需要再忍耐了。捨棄良心吧。捨棄常識吧。捨棄忍耐吧。捨棄道德吧……您是這麼說的吧。我只是遵循您的命令罷了。總覺得有種重獲新生的感覺。」

「是因為那個喔喔喔喔喔喔喔——！」

賽蕾娜大人從床上跳了起來，抱頭哀號。

然後維持這樣的姿勢，以疲憊的語氣說了：

「……吶，如果我取消那個命令，是不是會欠你很多啊？」

「多虧賽蕾娜大人為我排除了心頭的許多限制，我現在是非常能夠享受人生的狀態。所以要是賽蕾娜大人命令我再次自制，代價只憑您的胸部還不夠喔。」

「嗚嗚……」

賽蕾娜大人一邊呻吟，一邊坐回床上抱著頭。

「吶……為什麼我還得幫你準備睡覺的地方才行啊？自己睡覺的地方應該自己搞定吧……其他傀儡們都自己準備得好好的喔。」

「我的情況不一樣嘛。不同於其他冒險者，賽蕾娜大人害得我現在變成有家歸不得的狀態。所以您必須好好扶養我才行。」

聽我這麼說……

「唔唔……！不、不過，既然成功拉攏你成為同伴，我現在形同是已經獲得勝利了。今後我要叫你好好為我做牛做馬！我很期待你明天開始的表現喔！」

賽蕾娜大人用力握緊拳頭，像是在說服自己似的如此大喊。

第三章

願傀儡得到女神的庇佑！

1

○月×日

賽蕾娜大人表示我的傀儡狀態還是有什麼地方不太對勁。

首先，賽蕾娜大人似乎對於我完全不工作這件事相當不滿。

還說我看似順從卻莫名叛逆，目前只有礙事的份，不分青紅皂白地罵了我一頓。

最後又說為了掌握我心裡的想法，命令我從今天開始寫日記。

居然想看人家的日記，這樣可得收取相當重大的代價才行。

也因為這樣，我決定請賽蕾娜大人每天晚上在睡前一邊叫我和真大人，一邊把胸部用力貼在我的背上，作為代價。

賽蕾娜大人露出一臉失去某種重要的事物似的表情，整個人相當沮喪。

話說回來，我現在寫的這本日記，賽蕾娜大人每天都會過目是吧。

換句話說，根據我所寫的內容，還可以合法對賽蕾娜大人性騷擾。
想到這裡我的興致都來了。
今後，每天晚上我都要在日記的最後寫情色小說。
那麼事不宜遲……

○月△日
賽蕾娜大人叫我不准寫情色小說。
我說那種不合理的要求必須收取龐大的代價，結果賽蕾娜大人就咒罵了一聲，決定放棄。
賽蕾娜大人一臉隨時都要哭出來的樣子，真是美極了。
今晚的情色小說，我決定用賽蕾娜大人為主題了。
賽蕾娜大人說，我的傀儡狀態絕對很奇怪。
還說什麼傀儡說話的時候根本不可能口若懸河地說得這麼流暢。
……先不管這個了，還是繼續寫日記吧。
好了，該寫什麼呢……
『正當我寫到這裡的時候，一對柔軟緊緊貼上我的背。沒錯，是裸身的賽蕾娜大人將她的雙峰用力壓在我的背上。「和真大人……人家再也忍不下去了……」真拿她沒辦法……以眼神勾引我又對我撒嬌的賽蕾娜大人被我一把摟了過來……』

等等，別這樣喔，賽蕾娜大人。怎麼可以從旁偷看人家的日記又突然動粗呢？

小心我收取龐大的代價喔。

○月○日

賽蕾娜大人對我抗議，叫我真的不准拿她當題材寫情色小說，說得都快要哭出來了。

我說如此不講理的要求需要龐大的代價，結果話還沒說完就被揍了。

不過，在我被揍的時候，發生了神祕的現象。

揍了我的賽蕾娜大人，在我挨揍的同樣部位也受了傷。

賽蕾娜大人陷入恐慌大喊「這是怎麼回事」，不過我還是請她脫到剩下內衣褲並且把雙手放在頭後方在我眼前深蹲了一百下左右，作為揍了我的代價。

雖然嘴裡不住咒罵著混帳，不過眼眶泛淚，香汗淋漓地做著深蹲的賽蕾娜大人是那麼的美麗動人。

下次請賽蕾娜大人在我眼前做伏地挺身好了。

△月×日

重大事件曝光了。

之前我們在紅魔之里打倒的，有個蠢名字叫莫古忍忍的忍者機器人據說和賽蕾娜大人有關係。

賽蕾娜大人表示，她原本打算以傀儡化將它收為手下，但實在是強到無法完全支配，所以才讓它失控之後就那麼置之不理。

換句話說，我當時那麼悽慘都是賽蕾娜大人害的。

既然如此，這應該算是賽蕾娜大人欠了我很大的一次吧？

為了抵銷賽蕾娜大人對我的虧欠，我決定先對著賽蕾娜大人的頭部給她一拳再說。賽蕾娜大人摀著頭頂，一臉無法理解自己為什麼得挨拳頭的表情。

在她的身旁，我同樣摀著頭頂蹲了下來。

淚眼汪汪又搞不清楚狀況的那副模樣真是惹人憐愛。

×月×日

賽蕾娜大人哭喪著臉回來了。

好像是因為想增加傀儡以便賺錢而到公會去，結果被巴尼爾那個傢伙找碴的樣子。

賽蕾娜大人表示，巴尼爾威脅她說「為人指點迷津乃吾之獨占事業，汝想繼續的話吾也有吾的打算」的樣子。

似乎不太擅長應付巴尼爾的賽蕾娜大人被他索取了搗亂地盤的賠償金，再次變得身無分文。

也因為這樣今天連飯都沒得吃，哭喪著臉的賽蕾娜大人如此泣訴。

而我一邊看著她這般令人不忍的模樣一邊吃壽喜燒，吃得津津有味。

△月〇日

惠惠和阿克婭、達克妮絲她們似乎在尋找我的下落。

這麼說來，我還有一群會擔心我的好隊友呢。

我把這件事情告訴在房間裡做家庭代工的賽蕾娜大人，還說如果不想要我回去的話就給我更好的代價。

賽蕾娜大人說光是賺取我的住宿費就已經很辛苦了，為什麼我還要這樣一直耍任性，最後終於哭了出來。

沒辦法繼續在冒險者公會兼職做諮詢工作的賽蕾娜大人問我，可不可以降低過夜處的等級。

我說我原本坐擁豪宅又過著富裕生活，如果要這樣的我去睡等級比這個還要低的旅店就得支付相當的代價……而賽蕾娜大人聽了便默默繼續開始做家庭代工。

我說既然是優秀的祭司的話以冒險者的身分工作不就好了，賽蕾娜大人便表示冒險者卡片上面會顯示她的職業是黑暗祭司，所以無法接委託。

也因為這樣，她之前才沒有收取公會發的報酬。

然後魔王軍要前來這個城鎮還是好一段時間以後的事情，所以在那之前都必須一直待在這個城鎮才行。

在襲擊城鎮的時候，賽蕾娜大人要和我還有其他傀儡們一起當內應。

賽蕾娜大人以羨慕的眼神盯著我的晚餐——高級燒肉便當一直看。

當然，我不能把這個分給她。

因為分給賽蕾娜大人就是在還她恩情，這樣一來我的傀儡化就會解除。

沒錯，我要繼續這樣積欠賽蕾娜大人更多恩情，總有一天要成為賽蕾娜大人最忠實的左右手。

而賽蕾娜大人今天的晚餐是玉米湯一碗。

□月○日

和賽蕾娜大人一起過著住旅店的生活已經好一陣子了。

最近，賽蕾娜大人變得越來越消瘦。

看來她為了扶養每天過著奢侈生活的我，在各種方面都相當辛苦。

不過，解開了我的限制，要我別再忍耐的是賽蕾娜大人。

所以這件事我也無能為力。

賽蕾娜大人表示她已經向手下的每個傀儡冒險者都借了錢導致傀儡化解除，所以忠實的部下已經只剩下我一個人了。

最近，她做起隨便找冒險者露內褲使其傀儡化之後再借錢的生意，被警察狠狠罵了一頓。

警察搬出特種行業管理法教訓完賽蕾娜大人，還沒收了她賺到的錢，似乎讓她在各種方面都瀕臨極限了。

我說可以用身體來支付要給我的代價沒關係，賽蕾娜大人便問我「要你自己付住宿費的話我應該做些什麼事情？」。

我詳細說明之後，賽蕾娜大人說出奇怪的話。

她說要解除我的傀儡化，隨便我去哪裡都可以。

我記得賽蕾娜大人曾經說過。

如果是真心討厭的命令我還是能夠抗拒。

於是我一邊承受劇烈的疼痛一邊全力抵抗命令，結果賽蕾娜大人開始做出奇怪的舉動。

我隱約有種不祥的預感，便詢問賽蕾娜大人在做什麼，而她表示自己正在對蕾吉娜女神祈禱，以強行手段解除我的傀儡化。

看來賽蕾娜大人得了失心瘋。

我為了抵抗賽蕾娜大人解除傀儡化的作為，向我真心信仰的神祇祈禱。

偉大的蕾吉娜女神，請賜予我力量……！

×月○日

有人拿石頭丟我的旅店房間的窗戶。

犯人是好像在哪裡看過的金髮阿克西斯教徒大姊姊。

看來，她是不滿侍奉蕾吉娜女神的賽蕾娜大人在這個城鎮進行傳教活動。

賽蕾娜大人臉色大變，衝出旅店，但是晚了那麼一步，被她跑掉了。

聽賽蕾娜大人說，對方好像罵了「露內褲獲取信徒的蕩婦！」之類的來貶低她，還散布莫須有的謠言。

婆婆媽媽們每次經過賽蕾娜大人身邊的時候都會竊竊私語，好像對她的精神造成不小的打擊。

我斥責賽蕾娜大人怎麼可以拖累蕾吉娜女神的評價，讓她淚崩。

虛弱不堪的賽蕾娜大人以求助的眼神看著我，於是我握著她的手點了點頭。

「安慰費酌收五千艾莉絲或胸部。」

○月×日

賽蕾娜大人最近的行動一直很奇怪。

老是試圖對我下達各種命令。

而且簡直就像是要讓我從傀儡化狀態之中獲得解脫似的，淨是下達一些忽視代價的過度命令。

身為虔誠的蕾吉娜教徒，又是賽蕾娜大人優秀的僕人的我，理所當然的，自然是毫不猶豫地請她以身體支付代價。

要是傀儡化解除的話，賽蕾娜大人會很傷腦筋。

面對我充滿紳士風度的性騷擾，賽蕾娜大人帶著略顯疲憊的表情，說明天要帶我去一個地方。

難道她終於想跨越最後一道界線了嗎？
害我從現在就期待到睡不著覺。
明天我要把身體徹底洗乾淨。

2

「…………」
看完我寫的日記，賽蕾娜大人抬起頭來。
然後闔上日記，輕輕嘆了一口氣。
「我今天想去找那個祭司她們把你退掉……」
「我拒絕。」
聽我如此秒答，賽蕾娜大人重重嘆了口氣。
賽蕾娜大人和我們第一是見面的時候相比，憔悴了許多。
相較之下，我則是非常容光煥發。
大概是因為這幾天的生活過得很充實吧。

這時，賽蕾娜大人不發一語地牽起我的手。

同時，另一隻手上拿著牙籤。

然後……

「！」

突然，賽蕾娜大人拿那根牙籤戳了我的指尖。

想當然耳，指尖鼓起一顆紅色的東西。

接著，賽蕾娜大人的指尖也滲出血來，滴到地板上去。

「……原來你真的沒信教啊。你真的變成蕾吉娜女神的信徒了啊！」

賽蕾娜大人臉色蒼白地這麼說……

事到如今還在說什麼啊？

不知道她是怎麼了，難道我變成蕾吉娜教徒有什麼不妥嗎？

「我不是一直都這麼說嗎，我這個人無宗無派，還有我要信仰蕾吉娜女神。」

「這個世界上哪有無宗無派的人啊！無論是神還是邪神還是惡魔！這個國家的人一向都會找東西來當精神依靠！」

「可是，我又不是這個國家的人。而且在我的國家，這並不是什麼稀奇的事情。沒有加入特定宗教的人多的是。」

「！」

賽蕾娜大人一臉驚訝，頓時語塞。

「真、真的假的？」

「真的啊。啊啊……不過說是無宗無派或許也不太對。年底在某宗派的教祖生日那天會有動員全體國民的盛大慶祝活動，在同一個月的月底則是傾聽另一個宗派的年底活動的撞鐘聲。然後到了新的一年，還會依循名為神道的宗派，前去祈禱一年的健康。」

「你的國家是不是很想挑戰祭司啊？」

跟我講也沒用啊。

這時，賽蕾娜大人按著太陽穴嘆了口氣。

「該怎麼辦呢……要怎樣才能解除你的傀儡化啊？要你還清欠我的恩情，你也是抵死不從。命令你離開房間，你也只有在這種時候會忍受痛楚，頑強抵抗。話雖如此，即使打算收拾掉你，你也已經成為蕾吉娜女神的信徒了，想對你動手又有復仇的詛咒……」

竟然想對我這個虔誠的蕾吉娜教徒做那種危險的事情。

「啊啊該死！該怎麼辦才好，到底該怎樣……！吶，你要怎樣才肯離開我身邊啊？」

「都怪賽蕾娜大人叫我跟著妳，我想我和隊友之間的關係已經殘破不堪了吧。妳要負起責任，繼續像這樣養我一輩子，否則我會很傷腦……」

「啊啊啊啊啊啊啊啊——！我聽不到我聽不到！……啊，對了！喂，我記得巴尼爾在給你禁忌的魔藥系列的時候，同時給了你一瓶解除傀儡化的魔藥對吧！那瓶魔藥怎麼了！」

說著，賽蕾娜大人淚眼汪汪地巴著我不放。

我記得那個東西……

「我把那個交給隊友了。是具備能將液體變為純水的能力的，名叫阿克婭的祭司……」

「啊啊啊啊啊啊啊——！什麼人不好給！什麼人不好給！什麼人不好給，為什麼你偏偏給了一個具備那種能力的傢伙啊！」

賽蕾娜大人哭著全力衝出房間。

「為什麼事情會變成這樣……！明明一直都那麼順利，我到底是在哪裡做錯了什麼才會變成這樣啊！該死，就差一點點……！這個城鎮的冒險者的傀儡化進度也很順利，只差一點點就可以完成準備工作了說……！到底是哪裡出錯了！」

賽蕾娜大人哭喪著臉，一邊在嘴裡抱怨個沒完一邊衝刺。

而我追著這樣的她。

「放心吧，賽蕾娜大人。妳不是還有我嗎。」

「你就是一切的元凶啊啊啊啊啊——！」

原本奔跑在前方的賽蕾娜大人像是一直賴以忍受的理智斷了線似的，突然襲擊我。

「還不是你……！還不是你一點都不聽我說的話，還一直耍任性，事情才會變成這樣……！嗚嗯嗯嗯嗯嗯……！」

「啊嗯嗯嗯……！賽、賽蕾娜大人，掐我的脖子的話賽蕾娜大人自己也會……！」

賽蕾娜大人揪住我之後順勢掐住我的脖子，接著自己也顯得非常痛苦而放開手。

「該死……！該死……！該死的傢伙……！為什麼啊……！為什麼，你會那麼容易就入教啊……！決定自己要侍奉的神明可是一輩子的事情，你應該思考得更周全一點再入教才對吧……！」

賽蕾娜大人掄起拳頭在我的胸口搥了好幾下，最後癱倒在地面上。

她的聲音在顫抖，大概是哭了吧。

「話也不能這麼說，我原本住的地方有很多宗教……基本上，我的國家原本就相信世上的神祇多達八百萬……所以，我才會那麼輕鬆隨興地變成信徒吧。沒記錯的話，我還知道某地有個飛天義大利麵怪物教呢。」

「我討厭你的國家……討厭極了……」

賽蕾娜大人坐在地面上，摀著臉孔，聲音顫抖。

而我掀起這樣的賽蕾娜大人的裙襬。

因為她剛才掐了我的脖子，我得確實收取代價才行。

「……您真喜歡黑色。」

「……嗯啊啊啊啊啊啊啊啊——！」

賽蕾娜大人哭著站了起來，撥開我掀起她裙襬的手。

「我要去你的豪宅！反正我叫你不准來你也會跟過來，所以快點跟上！」

「那是命令嗎？是的話我就要收取相應的代價……」

「那就不用來了！」

「你要我一個人孤苦伶仃地看家？竟然想放我一個人百般無賴地待在這裡，也太過分了，我要索取代價和要求道歉。」

「夠了，不准說話，你不准說話！和現在的你說話會害我發瘋！」

賽蕾娜大人已經一點也不在意旁人的眼光，一邊吶喊，一邊朝我的豪宅奔馳而去。

由於賽蕾娜大人最近的舉止怪異，鎮上的居民們都對她投以不忍卒睹的眼神。

街頭巷尾甚至流傳她是個會主動露內褲的女色狼這種八卦。

我不知道事情為什麼會惡化到這種地步，不過賽蕾娜大人真可憐。

賽蕾娜大人已經不打算隱藏本性，一臉殺氣騰騰地衝過鎮上，不久之後便來到我懷念的豪宅。

連調整呼吸的時間都省了，賽蕾娜大人巴著豪宅的大門吶喊：

「開門——！喂，妳們在家吧？快開門——！我來把妳們最重要的隊友退還給妳們了，快開門——！」

她一邊大聲嚷嚷，一邊用力敲打大門。

然而，我們等了好一會兒都沒有人出來。

看來家裡沒人。

「該死的傢伙！居然在這種時候……！喂，咱們走！我看那幾個傢伙大概在公會吧！」

說完，賽蕾娜大人衝了出去。

……而我一邊從後面追趕這樣的賽蕾娜大人，一邊不經意地回頭看向豪宅。

…………

大而無當，而且現在沒有任何一個人看家，兀自佇立在那裡的豪宅。

看著那樣的一棟豪宅，讓我隱約冒出一股不捨的感覺……

「喂！還待在那邊幹嘛，你不來就沒戲唱了！快點走了……！」

賽蕾娜大人回頭看向不打算跟上去的我，氣極敗壞地催促我。

一下子叫我不准跟，一下子又叫我快點跟上，變來變去的不累嗎？

我最後又轉頭看了一下豪宅……

…………？

「喂，我不是叫你快點跟上嗎！真是的，為什麼你老是不肯乖乖聽話啊！」

「不是的，賽蕾娜大人，我好像在我的豪宅的窗口看到了一個小女孩……？」

只有那麼短短的一瞬間。

我覺得，我好像看到豪宅二樓的窗邊，有個金髮小女孩貼在窗戶上。

那些傢伙真是的，既然有那麼一個小女孩住在豪宅裡的話應該早點跟我說嘛，如果是這樣的話我也會考慮回家啊。

「哪有那種東西啊！小女孩？難不成你終於開始看見不應該看見的那種東西了嗎？……不對，這棟豪宅隱約有股亡魂的臭味……？應該說，你這個傢伙該不會是因為蕾吉娜女神的庇佑而得到基礎的祭司能力了吧……不，那種事情現在一點也不重要，快點，走了走了！」

……？

心生疑惑的我，再次轉頭看向豪宅。

這次就沒看見我剛才覺得自己有看到的那個金髮小女孩了。

……不知道是怎樣，害我非常好奇。

與其說是不捨，更像是某個和我在一起相處了很久的人，用失落的眼神看著我似的……

歪頭不解的我再次轉頭看向豪宅，然後追著賽蕾娜大人奔馳而去。

3

「啥？城鎮外面？」

「以這個時段而言，恐怕是吧。」

衝進冒險者公會的賽蕾娜大人。

確認阿克婭她們不在裡面之後，賽蕾娜大人原本還打算就那麼漫無目的地奪門而出。

「她們特地跑到城鎮外面去要幹嘛？外面有什麼嗎？」

「與其說是外面有什麼，其實是因為我們隊上的魔法師有件每天都要做的例行公事。我想她們大概是為了那個而一起到外面去了吧。平常也都是差不多在這個時段出去的。」

聽我這麼回答，賽蕾娜大人頓時虛脫。

「你不會早點說嗎啊啊啊啊啊啊啊！」

然後絲毫不在意旁人的眼光，在公會裡大吼大叫。

或許她在各種方面都已經瀕臨極限了吧。

不過，更重要的是。

「賽蕾娜大人，既然都來了，我想順便吃點東西再走。」

說著，我在附近的桌子旁邊坐了下來，而賽蕾娜大人以怨恨的眼神瞪著我。

「……我不會付錢喔。反正我已經不需要再製造你對我的虧欠了。」

「不好意思——菜單的這裡到這裡全部來一份，記在這個人的帳上。」

「我不會付喔！我真的不會付錢喔！……啊。我……麻煩給我一杯水……」

事到如今才裝模作樣地向店員點了一杯水的賽蕾娜大人顯得坐立不安。

「吶……吶！你也知道你的隊友們在城鎮外面的哪裡對吧？快點告訴我。我先過去那邊一趟再回來。你可以在這裡吃東西沒關係。」

「我拒絕。我不能讓賽蕾娜大人一個人去。我的隊友以眾所周知的腦袋有問題的大法師為首，加上能力可能超越賽蕾娜大人的祭司，還有一個除了耐打以外沒什麼特色的女孩。我不覺得那群像瘋狗一樣的人會乖乖聽賽蕾娜大人說什麼，妳要是在城鎮外面碰上她們的話，恐怕會演變為戰鬥喔。」

聽我這麼說，賽蕾娜大人沉思了一會兒。

不久之後……

「……好，吃完你點的東西之後跟我來一下。既然對方在城鎮外面的話，我有一招可以用……今天，我要正式給你一個工作。」

抬起頭的賽蕾娜大人這麼說，露出狂妄的笑容——

「——妳很慢耶，賽蕾娜大人，害我枯等了這麼久。這下怎麼辦，妳難得有機會請我吃東西卻害我等了這麼久，我們差不多已經互不相欠了喔。」

「……你、你這個……你這個傢伙……」

看著懶洋洋地席地而坐的我，賽蕾娜大人垂著頭，一副很累的樣子。

這裡是城鎮外面的公墓。

由於賽蕾娜大人說吃完飯要去墳場，所以我點了東西隨便吃了一下之後，就很機靈地一個人先來到這裡。

因為我點的東西很多，吃不完的份就分給最近沒吃到什麼像樣的東西的賽蕾娜大人，也算是我身為僕人忠誠心吧。

我告訴賽蕾娜大人我要去上廁所，接著拜託公會職員幫我傳話後就直接悄悄離開……

「好吃嗎？」

「是好吃極了！如果不是因為沒有錢，吃完就被迫洗碗抵帳的話，應該會更好吃吧！」

賽蕾娜大人哭喪著臉怒聲相向。

「沒時間跟你閒聊了。好了，動手吧，和真！把長眠在這個墳場底下的屍體挖出來。我要把屍體變成傀儡，組織軍隊。從這邊過去由我負責，你負責那邊。」

「不好意思，基於宗教因素，我無法對死者做出那種會遭天譴的事情。」

「你分明就是蕾吉娜教徒！還瞎扯什麼宗教因素啊！不想碰屍體就給我老實承認！別廢話了，快動手！不准你耍任性，偶爾也給我乖乖工作！」

「真的無法。」

挖屍體之類的再怎麼說都太超過了。

我死命忍受著劇烈的疼痛，傾全力抵抗命令，於是賽蕾娜大人終於露出一副真的要哭出來的表情放棄了。

「該死，隨便你啦！你給我乖乖待在那裡！」

哭喪著臉的賽蕾娜大人拿著鏟子挖起墳墓。

因為賽蕾娜大人勞動了好一陣子，時間也已經近乎傍晚了。

現在阿克婭她們大概也回到家裡去了吧。

也就是說，就算想用傀儡化的屍體襲擊阿克婭她們，她們也已經回到鎮上了，所以……

我原本想告訴賽蕾娜大人，事到如今就算把屍體挖出來加以操控也不能在鎮上用，但做出有益的建言形同償還恩情。

於是我狠下心，觀望著挖墳挖得汗流浹背的賽蕾娜大人。

「呼……呼……！很、很好……先挖出第一具了！接下來只要操控這個傢伙，叫他挖墳就可以了……『Marionette』！」

「但是傀儡點數不足。」

「！」

聽我這麼說，賽蕾娜大人一臉呆愣地轉過頭來。

然後，正如我所說，被挖出來的屍體動也沒動。

「嗚、喂！傀儡點數是什麼東西啊，這是怎樣……」

說到這裡，賽蕾娜大人恍然大悟，敲了一下手。

「傀儡點數是指我灌注在你身上的支配力嗎！竟然擅自命名！喂，和真，不准抵抗喔。我接下來要稍微收回灌給你的支配力，稍微抵銷你對我的虧欠。聽好了，真的不准再抵抗了喔！雖然非常想解除對你的支配，但是那麼做你會妨礙我，這個我已經非常清楚了。所以說，聽好了喔，我這次要減弱對你的支配，只是為了增加其他的傀儡喔。不准抵抗喔。」

「賽蕾娜大人千叮嚀萬交代成這樣，表示我應該當成是搞笑藝人在做球的感覺對吧。」

「不是喔！聽好了，不准抵抗喔。我要開始嘍……！…………我不是叫你不准抵抗嗎！你是我的傀儡耶，偶爾乖乖聽我的話啦！」

我拚命抵抗，不讓留存在我體內的賽蕾娜大人的力量脫離到外面去。

都已經有我在了，不需要其他傀儡。

眼眶噙淚的賽蕾娜大人揪住完全不聽話的我的衣襟。

「嗚唔唔，聽、聽我解釋一下嘛，賽蕾娜大人……！賽蕾娜大人又洗碗又挖墳拖拖拉拉了這麼久，現在都已經傍晚時分了……這時候那幾個傢伙大概已經回到家了吧……」

「幹嘛不早說啊啊啊啊啊啊啊啊啊啊啊！更何況，你以為是誰害我去洗盤子才會耽擱到挖墳的時間啊……！混帳東西————————！」

賽蕾娜大人擦也沒擦已經奪眶而出的淚水，再次奔向我的豪宅——

——賽蕾娜大人一副精疲力盡，疲憊不堪的樣子。

美女倦怠的表情其實也相當賞心悅目呢。

而這樣的賽蕾娜大人有氣無力地敲了敲我的豪宅的大門。

看來她已經連出聲的力氣都沒了。

不久之後，豪宅裡面的人沒有開門，而是從屋內開了口：

「這麼晚了，請問是哪位？如果是來推銷東西的我們不需要喔。如果是來傳教的就更沒什麼好說的了。」

是許久沒聽到，聽起來像是在裝傻的阿克婭的聲音。

「嗨，是我。我來把妳們家最重要的男人還給妳們了。」

聽見賽蕾娜這麼說，門後瞬間陷入寂靜。

不久之後，大門微微開了一條縫。

從隙縫裡面窺伺著我們的是阿克婭的視線。

「……和真先生？真的嗎？……是真的嗎？」

阿克婭從門縫裡看著我，感覺一副戰戰兢兢的樣子。

接著一個「匡噹」的巨響從這樣的阿克婭背後傳來。

然後是乒乒乓乓地往這邊衝過來的腳步聲。

賽蕾娜大人把臉湊到我耳邊來低語了幾句。

「聽好了，你開口只會把事情搞得更複雜，所以乖乖閉嘴喔。你乖乖聽話的話，等你回到旅店的時候，我會確實給你能夠讓你滿意的代價。」

「別說回去之後了，現在就給我吧。」

賽蕾娜大人瞬間「唔」了一聲，感覺好像心有不甘的樣子，但隨即轉換心情，雙手抱胸，就這麼大大方方地站著。

不久之後大門開了，出現在門後的是看起來有些不知所措的阿克婭，以及從她背後現身的惠惠和達克妮絲。

兩人看見我的臉，表情立刻亮了起來。

然後……

「…………我可以先問那個男人現在是在做什麼嗎？」

惠惠一臉認真地這麼說。

用不著多猜，她所說的那個男人……

「現在用不著在意這個傢伙。應該說，我就是來把這個退給妳們的。」

沒錯，指的應該就是現在抱膝坐在賽蕾娜大人身旁，大大方方地掀起裙子，就近欣賞著內褲的我吧。

除了賽蕾娜大人以外的三個人一臉茫然地注視著這樣的我。

惠惠簡直像是無法直視令人不忍卒睹的東西似的，將視線從盯著內褲一直看的我身上移開，怒氣沖沖地站上前來。

「……妳到底對和真做了什麼？這隻軟腳蝦居然如此光明正大地性騷擾，太奇怪了。這個男人再怎麼喜歡性騷擾，要做也會假裝是出自不可抗力因素或是找理由。和真原本對我性騷擾的時候再怎麼樣都可以找出一堆小花招，這樣……」

說不下去的惠惠原本想接著說什麼讓我很好奇。

這樣……後面是什麼啊？

「……即使我主動進攻也會立刻卻步，那種軟腳蝦特質既是這個男人的缺點，也是這個男人的優點。我早就發現妳這個傢伙很可疑了。妳做了什麼？還有，最近這幾天我聽說了很多和真和妳的傳聞。竟然將妳一度馴服的和真還回來，到底有何企圖？這個男人如此令人不忍卒睹的模樣……這樣……這樣……」

這樣……後面是什麼啊？

「……吶。應該說，這個和真先生我們不太需要喔。要退給我們的話，可以確實恢復原狀之後再還嗎？偷了人家的東西，弄壞了才說還是還給妳們好了，我覺得這樣太超過了。」

最後阿克婭還這樣說……

一下子說不需要我，一下子又說我被弄壞了，對此我是有一堆話想說，不過我現在被賽蕾娜大人禁止開口。

應該說，我光是專心欣賞內褲就夠忙的了。

這時，賽蕾娜大人對阿克婭緩緩伸出手。

「咱們做個交易吧。我會幫妳們把這個男人變回原狀。相對的，妳要把妳抱在懷裡的那瓶魔藥交給我。如此一來，我就把這個男人變回正常狀態還給妳們。」

聽賽蕾娜大人這麼說，阿克婭盯著她小心翼翼地抱在胸前的魔藥看了一會兒。

……然後。

「我拒絕。這個東西呢，是和真先生勉強還算正常的時候給我的。我沒有任何必要交給妳。這瓶魔藥是用來做什麼的？那個古怪惡魔是怎麼說的？快告訴我這個東西要怎麼用。」

我聽見一個緊繃的摩擦聲。

是賽蕾娜大人咬牙切齒的聲音。

大概是被我害得相當悽慘，真的已經到達極限了吧。

賽蕾娜大人低下頭，以平靜的聲音說：

「……妳最好是趁我還願意忍耐的時候聽我的話比較好喔。勸妳不要太小看我。或許妳看不出來，不過我可是…………」

但這樣的賽蕾娜大人，沒能把話說到最後。

「這是和真給我的東西，是我的寶貝。我拒絕！」

「這樣啊，我知道了，那麼談判就到此為止。受死吧！」

賽蕾娜大人在指著阿克婭的同時如此大喊。

聽見她的吶喊聲，達克妮絲連忙站到阿克婭身前。

「『Death』！」

賽蕾娜大人如此厲聲吶喊，接著指尖亮起光芒，然後……！

「…………奇怪？」

賽蕾娜大人怪叫了一聲，同時指尖的光芒也消失了。

「抓住她——！」

阿克婭和達克妮絲輕鬆壓制住賽蕾娜大人。

4

賽蕾娜大人被推倒在地，達克妮絲跨坐在她身上。

雖然達克妮絲現在沒有穿鎧甲，但是千錘百鍊的體魄讓她和身為祭司的賽蕾娜大人有著體重上的差距。

「可惡，魔法竟……！為什麼……！蕾吉娜女神、蕾吉娜女神！請賜予我力量……！」

試圖從達克妮絲底下脫身的賽蕾娜大人不住掙扎，卻動彈不得。

而達克妮絲掐著這樣的賽蕾娜大人逼問她：

「好了，請妳解除這個男人的詛咒吧……這、這是怎樣，我也喘不過氣來……！」

趁達克妮絲困惑的時候，賽蕾娜大人指著騎在上面的達克妮絲。

「『Death』！『Death』！Dea……」

無論再怎麼詠唱魔法，還是沒有產生任何作用，最後嘴巴更被達克妮絲摀住。

好了，我該怎麼辦呢？

這個時候我應該救賽蕾娜大人才對吧……

「……吶，妳們兩個真的想要她把這個男人還回來嗎？我不需要這個耶。」

「嗚……這個嘛，我好像也……不太需要……吧……？」

她們指的這個，大概是在賽蕾娜大人被壓制住後，依然掀起她的裙子偷看內褲的我吧。

這時，有人從旁邊拉了拉我的衣袖。

站在那裡的，是看起來暗自竊喜的惠惠。

惠惠雙手拎著自己的長袍下襬，然後一點一點往上拉……

「…………大家都那麼喜歡黑色啊……」

我一邊抱著膝蓋坐在地上，從極近距離盯著惠惠露給我看的黑色內褲，一邊這麼說。

「惠、惠惠！」

「惠惠也太敢了吧！」

沒有理會大吵大鬧的兩人，惠惠滿意地把一隻手放在看著內褲的我的頭上。

「那麼，既然大家都不要的話，這個男人我就收下了。」

「啊！」

見惠惠帶著一臉跩樣如此做出勝利宣言，達克妮絲露出著急的表情驚叫出聲。

……話說回來，這個狀況還真是奇特。

達克妮絲跨坐在賽蕾娜大人身上，賽蕾娜大人則是被她摀著嘴還不住掙扎。

惠惠撫摸著我的頭，而我則是一直看著她的內褲。

還有……

「……這樣啊。我說，那個叫蕾吉娜的冷門神給妳的庇佑只剩下一半呢。神的庇佑會分配給每個信徒。也就是說妳們家的女神太過冷門，原本只有妳一個信徒。之前妳能夠獨占她的神力，但是因為我們家和真先生變成了信徒，所以……」

「！」

賽蕾娜大人依然被摀著嘴，對我投以帶著殺意的視線。

看來，我不只是變成傀儡還擅自變成信徒，結果導致賽蕾娜大人的力量弱化了。

不過，用那種眼神瞪我也不是辦法。

阿克婭在賽蕾娜大人身旁蹲下，將她被達克妮絲摀住的嘴巴打開之後說：

「好了，快把和真變回原樣！」

「……把那瓶魔藥潑到他身上就會復原了。不過，那個男人大概會劇烈抵抗就是了。」

賽蕾娜大人似乎已經認命了，癱在地上這麼告訴阿克婭。

這下到底該怎麼辦呢？

身為賽蕾娜大人忠實的僕人，我應該怎樣行動呢？

應該說，現在惠惠緊緊握著我的一隻手不放。

然後用另外一隻手不斷撫摸我的頭。

至於我依然保持著抱膝坐在地上的姿勢，掀起惠惠的裙子欣賞底下的風光……

「呵呵，好久不見了，和真。」

惠惠略顯害羞，但還是開心地抿嘴一笑。

站在我的立場是很想為了營救賽蕾娜大人而有所行動，但是被露出這麼開心的表情的魔女惠惠這樣一誘惑就……

因為賽蕾娜大人解放了我所有的本能，現在的我處於無法控制自己的狀態。

所以，這也是無可奈何的事情啊，賽蕾娜大人，請原諒我。

「應該說，為什麼事情會變成這樣？妳這個傢伙究竟在想什麼啊？把我們家和真變成這種大變態，到底有什麼好玩的？」

「我也沒有想到會變成這樣啊！我只是想把這個傢伙變成傀儡罷了。只是解放了他的本能，讓他捨棄良心而已……之後就只是這個傢伙變得比預期中的還要黏我而已！」

賽蕾娜大人心有不甘地咬住嘴唇。

「……這幾天我真的水深火熱……他總是找理由拒絕工作，一旦找到空檔就對我性騷擾，發生了什麼事就對我性騷擾。把人生想得太簡單，只顧著耍任性，耍奢侈……」

「……聽妳這樣說，感覺好像和原本的和真先生沒什麼兩樣呢。算了，總之用這瓶魔藥潑他就會復原了對吧？」

阿克婭一邊這麼說，一邊接近我。

「……就我而言，我覺得讓他維持現狀也無所謂就是了……」

惠惠被我盯著內褲狂看，儘管臉頰微微泛紅還是這麼說。

在這麼說的同時，惠惠還是握著我的一隻手，所以我無法逃脫。

既然說我可以維持現狀，就應該放手才對吧。

而阿克婭像是提防著這樣的我似的緩緩接近。

「吶，和真，我現在就讓你復原，你不要做多餘的事情喔。」

「我維持現狀就好。」

面對如此秒答的我，阿克婭一點一點縮短距離。

「那可不成。乖乖待著喔，你就這樣乖乖待著別動喔……」

「喂，祭司，妳可別大意！那個男人肯定會動手腳！」

賽蕾娜大人厲聲警告，而阿克婭擺出一副那種事情她早就知道了的態度回嘴：

「我、我知道啦，妳以為和真和我在一起相處多久了啊？惠惠，妳要抓住和真，別讓他逃跑或是怎樣喔！好了，那麼……」

「『Steal』。」

「「「啊！」」」

我將視線從惠惠的內褲上移開，對著阿克婭伸出一隻手。

偷竊技能一次就將魔藥從阿克婭手上搶了過來。

然後……

「喝啊！」

「哇啊啊啊啊——！」

我將那瓶魔藥隨手一扔。

在魔藥即將摔到地面上的那一剎那，阿克婭一邊吶喊，一邊以滑壘的方式接住。

「所以我不是說了嗎，那個男人會動手腳！」

「可是可是我也沒辦法啊！既然妳也被他整過那麼多次應該也懂吧！沒有人知道這個男人會突然搞出什麼花招！惠惠！惠惠——！」

快要哭出來的阿克婭小心翼翼地將魔藥抱在胸前，一副深怕再次被我偷走似的樣子，同時找惠惠求救。

接著就連仰躺在地上被達克妮絲騎著的賽蕾娜大人也對我說：

「吾之傀儡佐藤和真聽令！維持這個姿勢！維持這個姿勢不准動！」

「真拿妳們沒辦法，雖然我個人覺得維持現狀也無所謂……乖，和真。我要你一個大大的擁抱……你乖乖待著不要動……不要動……？等等，不要一直蹭來蹭去的，待著別動，阿克婭，動作快！這個男人在用臉頰磨蹭我的胸部……！」

「惠惠妳撐住！就這樣抱住他不要讓他面向這邊！」

我把臉埋進惠惠的胸口時，有人把某種冰冷的東西潑在我的後腦杓上。

被那麼一潑，我感覺到有東西從我的體內被抽離出去。
喂，別這樣，我還想維持現狀。
我還有很多事情沒對賽蕾娜大人做耶。
為此，我需要復仇之神蕾吉娜女神的力量……！

「……奇怪？」

我怎麼會需要復仇之神的力量啊？
應該說，賽蕾娜大人？
我為什麼要稱呼魔王軍幹部為大人啊……
最根本的問題是，為什麼我會突然開始信仰我一點也不清楚的神祇？
……啊啊，對喔。
還記得在即將遭到操控之際，我在心中用力許願，希望能讓那個魔王軍幹部因為傷害我們家的廢柴女神而付出代價，心想一定要對她復仇…………

5

「和真，如何？你恢復了嗎？」

有人輕拍我的臉頰。

我不經意地抬起頭，眼前是惠惠的臉。

…………

「我覺得妳再抱用力一點我會恢復得更好。」

「看來已經恢復了呢。那麼……喂，你、你都已經恢復了就放手啊！」

被惠惠從她身上扯下來，我無可奈何之下只好站起來。

應該說，總覺得好像作了一場夢似的。

而且，總覺得我原本好像在侍奉一位很不錯的神明。

……算了，我基本上是不信教的人。

「和真先生和真先生，你還好嗎？我覺得與其崇拜那個叫什麼蕾吉娜的，感覺好像聽過又好像沒聽過的冷門神，你不如信奉我還比較好。現在入教還附贈可以讓和真先生的一手醜字變得非常好看等等各式各樣的庇佑喔。」

「不需要。再說，妳以為我是為了什麼才會去崇拜那種冷門神啊…………奇怪？」

……？

是為什麼來著？

「所以是為了什麼？」

「誰知道啊？我也不太清楚。」

我自己也不太能夠接受，不過現在不是說這些的時候。

「嗨。看來你順利復原了呢。」

依然被達克妮絲騎在底下，躺在地面上的賽蕾娜。

接下來該怎麼處理這個傢伙才好呢……

「……我還真不知道該怎麼處置妳呢……」

「既然如此，就這樣放我一馬如何？我們在一起生活過一陣子，好歹也有感情了吧？我覺得這樣做最能夠讓我們雙方得到幸福喔。」

雙手隨便擱在地上，賽蕾娜自暴自棄地這麼說。

我自己也很清楚，我沒辦法對這個傢伙怎樣。

比方說扭送警局好了。

……該怎麼說呢，會留下很大的不安又不太舒爽。

不如，乾脆以遭受復仇的詛咒也可以請阿克婭幫我復活為前提，將賽蕾娜帶到外面遠離城鎮的地方去，由我把她——

……嗯，要我殺人我辦不到。

如果我有那種膽量，現在就不會得到軟腳蝦這種稱號了。

或是將她團團綑住，帶去地城裡面丟著不管。

……不行不行，到頭來這樣也算是間接殺人……

該死，真不該和她一起生活那幾天的，害我真的對她產生了那麼一點感情。

但要就這樣放她一馬也……

「看來你相當煩惱呢……吶，和真。如果你真的放我一馬，對你會有什麼損失嗎？放我一馬的話，襲擊這個城鎮的計畫大概也得重新審視了。我再也不想和你待的城鎮扯上關係。這是真心話……還有，純掛名的魔王軍幹部維茲，以及巴尼爾。就算襲擊了這個城鎮，總是隨心所欲地行動的他們兩個會如何行動，我也完全沒有頭緒。我會回城裡去重新擬定計畫。如果你願意放我一馬的話，我就不會動這個城鎮。如何？這次真的是實實在在的交易喔。」

賽蕾娜像是看穿了我的煩惱似的，帶著淺笑對我這麼說。

然後，跨坐在這樣的賽蕾娜身上的達克妮絲開了口：

「……喂，和真。到頭來這個女人是怎樣？和魔王有關的人嗎？如果是為了保護鎮上的居民，本小姐可以宰了她。」

我抓住語出驚人的達克妮絲的肩膀。

達克妮絲是貴族，也是這個城鎮的暫代領主。

這個女人其實很衝動，如果是為了保護鎮上的居民，她恐怕真的會掐死賽蕾娜。

同時，達克妮絲的這番發言讓我下定了決心。

「……喂，那是什麼？你為什麼還帶著那種東西啊？」

看見我拿出來的東西，賽蕾娜的表情一僵。

「不好意思啊，賽蕾娜。我不打算和妳談判。這樣對我也很傷，不過這次就讓我們兩敗俱傷吧。」

我從懷裡拿出來的，是巴尼爾給我的禁忌魔藥系列。

這些魔藥的功效全都不太像樣，不過我記得其中有一瓶是等級重置魔藥。

一直以來總是借助夥伴們的力量，不過我這次要自己獨力解決一切。

對賽蕾娜使用這個的話，蕾吉娜的復仇詛咒大概會讓我的等級也被重置吧。

「你想怎樣？……喂，住手喔，和真。我們不是一起住過好幾天嗎？做人應該放聰明一點，這個時候應該放我一馬才對吧。」

不過，一邊是我這個最弱職業的尼特，一邊是魔王軍幹部賽蕾娜。

等級被重置為1的時候，對哪邊造成的損傷比較大自然是不言而喻。

我從禁忌魔藥系列當中挑出等級重置魔藥，然後在賽蕾娜身邊跪了下來。

「不好意思，和我一起從等級1開始重練吧。」

「！」

聽見我這麼說，賽蕾娜立刻開始激烈掙扎，而達克妮絲對準她的肚子出了一拳。

「呃啊！」

「啊嗚！這、這是怎樣？喂，和真，揍了這個女人之後，我的肚子也……！」

我平靜地告訴困惑的達克妮絲。

「攻擊那個傢伙，傷害會照樣回到妳身上。聽好了，千錯萬錯也不可以動念想殺那個傢伙喔。聽說殺了她之後，還會在附近散布大量虐殺的死亡詛咒。」

聽我這麼說。

「原來如此……之前對她施展飛彈踢之後和真也跟著昏倒就是因為這樣啊。」

惠惠兀自點頭，恍然大悟。

這時，聽了我的發言，達克妮絲不知為何默默擰了賽蕾娜的臉頰。

「痛痛痛，妳幹嘛！」

「啊嗚嗚……！混帳，妳還有事情瞞著我們對吧？好了，快說！別以為妳能逃過我的法眼！呼、呼……好、好痛……！唔……但是，這點疼痛還不至於讓本小姐……！」

「妳在說什麼啊，事情大致上都被和真知道了！好痛！喂，住手，除了我告訴過和真的事情之外都沒什麼了不起的！好痛，住手！疼痛也會回到妳身上去啊，住手！住手啦！」

達克妮絲利用蕾吉娜的庇佑以特殊的方式自得其樂了起來，賽蕾娜則是拚命想推開她。

而我一隻手握緊魔藥。

「喂，和真，阻止這女人……！等、等一下，不要靠近我，你有沒有想清楚啊，你的等級也會變低喔。再想一次，降低我的等級對你個人有什麼好處？你、你重新考慮清楚吧！」

將瓶子對準驚慌失措的賽蕾娜。

「沒差啊，我可以慢慢練等。以我而言反正能力值馬上就封頂了。我有的是錢，生活也悠閒得很，更不需要趕時間……就陪妳最忠實的僕人走到最後嘛，賽蕾娜大人。來，我們一起從頭開始吧。」

賽蕾娜帶著猙獰的表情，抓住擰著她的臉的達克妮絲的手。

「我覺得，對於魔王軍而言，你果然是最危險的傢伙。」

「這樣真的太看得起我了。我今後打算悠閒度日，所以妳如果有辦法回到魔王城去的話，拜託到時候幫我說幾句好話。」

賽蕾娜把我半開玩笑的發言當成耳邊風，豎起手指對準我。

……她到底想怎樣……？

……啊。

「果然不能讓你繼續活下去。既然你已經復原了，就表示蕾吉娜女神的信徒又只剩我一個，我的力量也已經恢復了。再見了，任性的傀儡。」

我試圖抓住賽蕾娜指著我的手。

而達克妮絲也連忙打算摀住她的嘴，但賽蕾娜的低語還是快了一點。

「『Death』。」

第四章 令冒險者面對難題！

1

「歡迎回來，主人！」

眼前是熟悉的白色房間。

不經意地睜開眼睛的我，和開心地這麼說的艾莉絲女神，就這麼站著四目對望。

「……妳看起來很開心呢，艾莉絲女神。」

「和真先生來這裡也已經熟門熟路的了，應該沒什麼新鮮感了吧？不過是我不好，明明你遭逢不幸還這樣，太輕率了。」

說著，艾莉絲女神苦笑了一下。

「……不如再來一次如何？」

「主動這麼做的人還說這種話好像也不太對，不過我不會再來一次了。」

變成頭目的時候明明配合度就很高的說。

「……啊，那個傢伙怎樣了？在對我施展死亡魔法之後。」

「勃然大怒的達克妮絲奮力揍了她，她們兩個就一起昏過去了。前輩在幫和真先生復活。至於惠惠小姐，她在仔細將魔王軍幹部團團捆住之後，正在照顧昏過去的達克妮絲……請放心，大家都平安無事。」

說完，艾莉絲女神嫣然一笑，我聽完也鬆了口氣。

既然如此，再來只等阿克婭幫我復活之後就輪到我上場了。

變成等級1老實說是很吃力，不過要解除賽蕾娜的戰力這是最好的方法了吧。

我也試著想過很多其他的辦法，不過我還是想靠自己的力量走到最後一步，了結一切。

稍微放心了一點之後，我原地抱膝坐了下來。

……話說回來，我久違地又死了呢……

這個世界毫無天理可言，對弱者又不友善，所以會這樣也無可奈何，不過就不能再改善一下嗎？

像這樣沒兩下就死掉，再怎麼說還是令人很沮喪。

最重要的問題是，對於來到這裡我越來越沒有抗拒感了。

死成習慣好像不太正常吧。

這時，艾莉絲女神一直盯著我的臉看，什麼也沒說，只是對我微笑。

雙手在胸前互握，站在房間中央的艾莉絲女神，該怎麼說呢，即使什麼都不說，光是待在一起就很療癒。

看著這樣的艾莉絲女神，我就很想擺脫各種塵世間的紛擾，一直待在這裡。

每次來這裡我都這麼想。

為什麼我非得和鬼扯的魔王軍幹部戰鬥？為什麼我得在異世界這種地方，動不動就碰上一堆強敵啊？

好不容易得到大筆財富，結果一下子魔王的女兒要攻打王都，一下子還要傳送部隊過來我們的城鎮……

啊啊，真討厭……

或許是因為剛死掉吧，我整個人都憂鬱了起來。

可是，還是得回去才行。

目前，知道襲擊王都的計畫，還有魔王軍的部隊會來阿克塞爾這些情報的只有我。

而且，我還得降低賽蕾娜的等級，自己也跟著回到等級1………

「……唉……」

想到接下來的事情，我就忍不住嘆氣。

見我抱著膝頭嘆氣，艾莉絲女神擔心地歪著頭開了口：

「你還好嗎？……呃，不，怎麼可能會好呢，你都死了嘛……」

說著，艾莉絲女神和我面對面蹲了下來，變成抱著膝頭的狀態。

她配合我的視線高度，一臉擔心地看著我的臉。

「頭目果然可愛又善良呢。要不要辭去女神的工作，到哪個遠方異世界去和我結婚？」

「你都已經在和惠惠小姐交往了還這樣調戲女神，小心我對你執行天譴喔。」

對了，惠惠！

「艾莉絲女神其實偷偷暗戀我，暗中嫉妒我和惠惠的關係，所以每次都在我們即將跨越最後一道界線的時候都會從中作梗之類的……應該沒有這種事情吧？」

「我才不會做那種蠢事呢！啊！你那是什麼表情，該不會是在懷疑我吧！真沒想到你會這樣覺得！」

捉弄艾莉絲女神，讓我意志消沉的心急速得到療癒。

『和真先生——和真先生——！我已經準備好了，快回來吧——』

這時，在不識相這點上面擁有出類拔萃的才能，無法讓人得到療癒的那個女神的聲音，響徹這個令人怡然自得的療癒空間。

我暫時還不想回去那個毫無道理可言的世界，便把臉貼上自己的膝蓋，同時摀住自己的雙耳，假裝聽不見。

「那、那個……前輩在叫你喔。雖然我也不是不懂你的心情啦……」

艾莉絲女神對著打算逃避現實的我這麼說，顯得有點傷腦筋。

「……像這樣動不動就一直死，再怎樣還是很令人心灰意冷，更讓我害怕之後是不是還會死掉，心想乾脆就這樣重新開始新的人生是不是比較好。」

「這個嘛……也難怪你會這樣想。照理來說光是死個一次，造成的打擊就相當嚴重……雖然以和真先生而言，你每次的死法都還算輕鬆，造成的精神打擊相較之下還不算太嚴重就是了……」

眼前是抱著膝蓋，一臉傷腦筋的艾莉絲女神。

不久之後，艾莉絲女神露出溫和的笑容。

同時歪著頭開了口：

「……可是你在這個世界，也和美好的夥伴們留下了許多開心的回憶不是嗎？也還有該做的事情還沒做不是嗎？你試著回想一下，回想那些開心的日子……」

聽她這麼說，我慢慢回顧起之前在異世界發生的種種。

和阿克婭剛來到那個世界的時候，那種睡在馬廄裡的刻苦耐勞的生活。
因為完全說不通的理由而被算到我頭上的龐大負債。
成事不足敗事有餘的隊友，然後我還得幫她們收拾善後。
鎮上那些人也都不是善男信女……
然後，或許是因為這些因素的反作用吧，我還真是動不動就死掉。
好不容易和隊友培養出感情了，但是到現在還無法跨越最後一道界線悶得我要死不活。
「…………我還是想重新投胎……」
「咦咦！」
請艾莉絲女神送我回地球，轉生成有錢人家裡的貓好了。
然後就這麼悠遊自在地睡過一輩子。
『和真先生——快點回來——快點回來——』
阿克婭的聲音聽起來是那麼悠哉。
我很努力了。
我已經努力過了。
總覺得反正就算復活了，我也會沒兩下又死掉。
「我要就這樣開始新的人生——！所以那邊的事情就交給妳們了——！幫我轉告她們兩

個，叫她們一定要幸福喔——！」

「咦咦咦！」

我對著空氣大聲吶喊，讓艾莉絲女神驚叫出聲，接著四下陷入一片寂靜。

然後……

『這個男人不知道又在說什麼蠢話了！你不要鬧了喔，為什麼每過一段時間就要說那種奇怪的話啊？你就那麼想找我的麻煩嗎？你是笨蛋嗎？你果然是笨蛋嗎？就是因為這樣才會淪落到傻傻地被那個祭司騙走的下場啦！』

「啊——！」

阿克婭的叫罵聲令我為之光火。

「妳開什麼玩笑啊，妳以為我一開始是為了誰才找魔王軍幹部吵架的啊……！我告訴妳，我可是為了保護城鎮，在不為人知的狀況下一直和那個祭司戰鬥好嗎！之所以被她洗腦帶走也是經過激烈的攻防之後……」

『咦？惠惠妳在做什麼？咦、咦……！』

……喂。

「妳說那種話也沒用喔，那已經和我沒有關係了！妳們想對我的身體怎麼惡作劇都隨便妳們！在妳們哭著求我，拜託我回去之前……」

『惠惠妳在做什麼！吶，妳要做什麼！和真先生——和真先生——！你再不快點回來的話……！再不回來的話……！』

……我、我既不會受騙也不會上鉤，事到如今無論她們對我的屍體做什麼……

沒錯，那種威脅已經……！

『和真先生——！惠惠她……！惠惠說要收下和真的第一次，正打算做非常不得了的事情喔！應該說惠惠，我覺得大白天的做那種事情不太好吧！』

是色誘喔喔喔喔喔喔喔！

「…………」

看見抱著膝蓋的我開始蠢蠢欲動，艾莉絲女神的視線似乎變得冷淡了起來。

啊啊怎麼辦，糟糕，再不回去的話我就會錯過自己轉大人的瞬間……！

不對，可是這種時候傻呼呼地跑回去，我會被當成只要惠惠一色誘就輕鬆屈服的好騙男……不對不對不對，可是……！

『惠惠，和真先生是第一次，我覺得突然就用那麼大的東西應該太勉強了！和真先生的和真先生會壞掉！』

！

「喂，她想收下我的哪邊的第一次啊！」

『惠惠不可以，那是用來吃的東西！那不是用來做這種事情的東西，小心遭天譴喔！』

「阻止她！阿克婭，我現在立刻回去就是了，快點阻止她——！」

『啊啊啊、惠惠！惠惠！不、不能再繼續下去了，沒時間了！和真已經說要回來了！快點把褲子……！』

我立刻站了起來。

「那麼艾莉絲女神，情況緊急，我先走了！」

然後直接慌張不已地衝到那扇門前面……！

「路、路上小心…………啊！和真先生，不好意思，在這麼趕時間的時候叫住你！其實我有一件很重要的事情得告訴你……」

「在這個狀況下嗎！剛才明明就有時間說吧，為什麼是現在！等我回到地上之後，妳在變成頭目來找我不就好了！」

『惠惠為什麼那麼有男子氣概啊！快點，我們得在和真先生回來之前湮滅證據！』

差點就要哭出來的我轉頭看向艾莉絲女神。

而艾莉絲女神露出歉疚的表情，對著這樣的我說：

「其實，這個世界現在……」

『惠惠，是要穿回去不是脫下來好嗎！不可以，已經沒時間了……！』

「艾莉絲女神不好意思，我完全聽不進去！阿克婭，阻止她！回頭我再給妳零用錢就是了，幫我阻止她！」

憑空響起的阿克婭的聲音，完全維持不了嚴肅的氣氛。

『因為因為……和真的各種不應該表露在外的東西都……啊啊，惠惠不可以啊！不可以……不…………啊啊……』

「別放棄！喂，阿克婭，別放棄啊，給我卯起勁來！我現在就回去！」

紅著臉的艾莉絲女神拚命放聲大喊：

「現在，這個世界正在面臨危機！再這樣下去人類慘遭魔王軍消滅的可能性會變得非常高！拜託你，請你聽我把話說完──！」

──我睜開眼睛，發現阿克婭和惠惠看著我的臉孔。

「啊！和真，歡迎回來！真是千鈞一髮呢！」

「歡、歡、歡迎回來……」

惠惠的臉頰微微泛紅，呼吸略顯急促，手上不知道拿了什麼東西藏在背後。

一和我四目對望，惠惠便撇開視線。

看見自己的褲子歪得像是被人胡亂拉上來似的更是讓我覺得可怕。

阿克婭和惠惠顯得舉止可疑。

然後，翻著白眼的賽蕾娜和達克妮絲躺在遠處。

「我、我繼續去照顧達克妮絲好了。」

說著，惠惠看也不看我，像是在逃跑似的前往達克妮絲身邊。

目送著她的背影，我對著不知怎地顯得驚慌失措的阿克婭開了口：

「喂，阿克婭。」

「有什麼事嗎！我有阻止她喔！我才沒有和惠惠一直盯著和真先生的和真先生看呢！」

…………這、這個傢伙……

我重新調適心情，對阿克婭說：

「……事到如今，妳還會想著要回天界去…………之類的嗎？」

2

「和真，快起床！天亮了啦天亮了！快點！趕快起床！」

隔天早上。

連門也不敲一下，阿克婭扯著她的大嗓門衝進我的房間來。

我慢吞吞地從棉被底下探出頭，只見窗戶外面還有點昏暗。

「…………現在幾點啊……」

「快要五點了吧？」

太早了吧……

我再次慢吞吞地鑽回棉被裡面去，結果阿克婭跳了上來。

「竟然想睡回籠覺！動作快，起床了起床了！趕快準備準備，咱們接任務練等去！」

「饒了我好嗎——……我昨天不停續攤喝到半夜，所以今天想睡到傍晚啦——……昨天我們在慶祝我擊退了魔王軍幹部耶——……」

——昨天，將艾莉絲女神告訴我的事情轉告阿克婭之後。

我依照計畫重置了賽蕾娜的等級，自己也變成了等級1。

然後將昏迷的賽蕾娜交給警察，並且將之前得到的情報一五一十地全部告訴了他們……

已經弱化的賽蕾娜，應該再也無法散布強烈的詛咒了吧。

警察局的局長也說，接下來將針對賽蕾娜進行各種偵訊。

還說魔王的女兒要進攻王都的計畫，以及襲擊這個城鎮的行動等等，也都會有人著手採取對策。

由於我抓到魔王軍幹部並且事先阻止了她的計畫，似乎也會發出相當高額的獎金。

……既然如此，接下來再也沒有等級1的我辦得到的事情了。

王都那邊我無計可施，至於襲擊這個城鎮的行動，計畫的前提也是賽蕾娜得將主力冒險者們傀儡化，並且從內部進行破壞行動。

既然這些都已經失敗，這個城鎮應該也不至於那麼容易被攻陷吧。

應該說，失去了賽蕾娜這個指揮官，襲擊這個城鎮的行動本身說不定會不了了之。

事情就是這樣。

所以我昨天才會放心地為了慶祝勝利喝到很晚，然而……

「起床了——起床了——！喂，趕快起床了！然後，為了人類，為了未來！去討伐魔王！」

阿克婭卻隔著棉被壓在我身上，一邊手舞足蹈地亂動一邊這麼說。

討伐魔王。

這個傢伙之所以說出這種蠢話是有理由的。

沒錯，就是艾莉絲女神要我傳的話。

「打倒魔王那種事情，不久之後就會有某個女神選上的，傳說中的勇者去做啦……晚安……」

「這裡不就有個如假包換的女神了嗎！我認定你是勇者就是了，快點起床好嗎——起床了啦——！」

——艾莉絲女神將世界的危機告訴了我。

那就是賽蕾娜也提過的，關於新任儲備勇者的事情。

從日本送擁有外掛能力的勇者過來這個世界。

那原本是阿克婭的工作。

但是，在換成繼任的天使之後，異世界轉生的業務似乎變得一點也不順利。

之所以會這樣，據說是因為繼任的天使非常老實，在拉人的時候不會含糊其辭。

包括之前送過來的日本人的下場和現在的生存率，甚至是學習異世界語言的時候可能產生的副作用，以及這個世界有多難混，她都鉅細靡遺地說明得一清二楚。

……換句話說，之前正因為是這個做事隨便的女神在負責，這種近乎詐欺的轉生勇者業務才能夠成立。

「竟然沒有好好說明就把我們送過來，我決定就這樣一直埋頭睡到中午以示抗議。」

「你明明每天都睡到中午好嗎！吶，現在是女神在拜託你耶！如此美麗動人又楚楚可憐的女神哭著求你，你為什麼不肯聽進去啊！」

這個世界有很多敵人。

即使討伐了魔王，威脅著人類的存在依然多的是。

而天界也終於發現了擅長詐欺……我是說擅長拉人的阿克婭是多麼珍貴，希望她盡快回去的樣子。

「該怎麼說呢，天界這個地方缺乏人才的狀況已經那麼嚴重了嗎？隨便找隻哥布林送上去，工作表現應該也和妳差不多吧？」

「你要是再繼續瞧不起我的話，我也有我的想法喔。小心我用模仿聲音魔法模仿古怪惡魔，在你的枕頭旁邊笑一整天。」

如果是在我的等級變低之前，而且和這個傢伙的交情也還沒這麼深，只想趕快把她踢出我的小隊的那一陣子也就算了。

在現在這個穩定的狀態下，為什麼我還得去討伐魔王啊？

……應該說，那根本是不可能的任務。

能夠成功阻止賽蕾娜的陰謀，純粹只是因為一次又一次的巧合讓我幸運獲勝罷了。

而且，她那樣在魔王軍幹部當中還算是比較弱的一個。

再說，我最後還被這樣的賽蕾娜給殺掉了。

然後現在要我去討伐窩在城堡裡面，身邊還圍了一群強大部下的魔王？

……少蠢了。

我從被子底下探出脖子以上的部位，對著依然在被子上手舞足蹈的阿克婭說：

「……魔王耶，我怎麼可能有辦法打倒那種強敵啊？妳對我的評價有那麼高嗎？妳覺得我是個足以打倒魔王的男人嗎？」

「才不是呢——怎麼可能會有這種事情呢，我好歹也能夠認清現實喔。」

……這個混帳。

「不然妳是想怎樣？假設等級已經練上去好了，即使我們幾個傻傻地前往魔王城，最後不是在半路上被強大的怪物吃掉，就是在抵達城堡的時候，被魔王軍的千軍萬馬圍起來痛扁了吧。妳和達克妮絲、惠惠之類的要是被魔王抓到了，下場肯定慘兮兮吧。到時候會開心的頂多只有達克妮絲喔，妳懂不懂啊？」

「這種事情我當然懂啊。我是真的想到好主意了。和真只要稍微練一下等級，練到足以接近魔王城就夠了。」

……哦？

「妳有什麼好主意就說說看吧，我洗耳恭聽。」

「你聽好了。就是啊，首先由我們前往魔王城對吧。然後，魔王城周邊……不是說那裡張設了結界嗎？魔王軍的幹部們張設的結界。」

……？

原來是那麼回事啊。

我之前一直覺得那種事情和我沒關係，全都左耳進右耳出了。

見我不發一語只顧著聽，阿克婭便繼續說明下去：

「總而言之，昨天和真解除了魔王軍幹部之一的戰力。等級1的魔王軍幹部維持不了結界，這樣一來還在維持結界的魔王軍幹部剩下…………幾個來著？」

「……魔王軍幹部原本有八個對吧？其中一個我記得是一開始來的那個無頭騎士，叫什麼貝爾迪亞的。然後是巴尼爾和漢斯、席薇亞、沃芭克，賽蕾娜也失去戰力了……再來……加上維茲應該還剩兩個吧？」

「沒錯！魔王軍幹部剩下兩個！憑我的超強女神力量，如果是剩下兩個幹部在維持的結界，只要加把勁或許就破壞得了！成功破壞了結界當然最好，即使辦不到，至少應該能夠製造出足以讓人通過的破洞！」

……

「然後呢，這樣是很好，但重要的是打倒魔王的方法吧？」

我對信心十足的阿克婭說出自己的疑問。

「成功破壞結界就算是賺到。到時候就把這件事情告訴我可愛的阿克西斯教徒們，還有紅魔族那些人，順便對這個國家的高官們洩密！活用和真至今為止建立起來的裙帶關係，告訴我剛才提到的那些人！讓他們知道魔王城沒有結界，可以趁機進攻了！」

結果是要抱大腿喔。

不過的確，沒有結界的話，魔王軍為了防衛也無法調動所有的士兵。

光是這樣就足以讓戰況變得輕鬆許多了吧。

「可是，如果無法破壞城堡的結界的話呢？」

「這樣就沒辦法了，到時候只好請練過等級的和真先生出馬。」

這樣啊。

「我洗耳恭聽。」

「請你使用感應敵人和潛伏一路潛入到魔王睡覺的地方，然後暗殺魔王。」

「妳是來亂的喔。」

我沒有理會在棉被上大吵大鬧的阿克婭，重新把棉被拉到蓋過頭。

3

我在豪宅的大廳和達克妮絲以及惠惠一起吃午餐的時候。

「吶，和真。我有事情跟你說。」

阿克婭露出認真的表情，雙手在身後互握，對我這麼說。

簡直就像是接下來要對我表明什麼重要的事情一樣。

「……妳是怎麼了，瞧妳一臉凝重的樣子。」

我正在大口嚼著香烤鴨肉，達克妮絲和惠惠也和我一樣一邊吃著東西，一邊來回看著我和阿克婭。

阿克婭猛然抬起頭。

「你聽我說！我覺得我們再這樣下去不行！」

然後又突然說出這種話來。

儘管嘴裡還在嚼鴨肉，我姑且還是問了她：

「什麼事情再這樣下去不行？」

「這種自甘墮落的生活啊！吶，你覺得再這樣下去可以嗎？過了中午才起床，吃飽睡、睡飽吃！你變了！和真先生，你真的變了！」

沒頭沒腦的在說什麼啊？

聽阿克婭這麼說，惠惠和達克妮絲放下叉子。

「這個男人基本上從以前就是這樣了吧？」

「嗯，差不多就是這樣。而且阿克婭之前也是每天過著同樣的生活不是嗎？」

…………

「是沒錯啦！他或許原本就是這樣沒錯！可是，我希望和真先生變回一開始的樣子！變回那個背負著龐大的債務，每天都自暴自棄，累到快哭出來，並且為了一點蠅頭小利而汲汲營營地工作的和真先生！」

「好，放馬過來，打倒妳也賺得到一點經驗值吧。」

我拿著叉子站了起來，於是阿克婭便提高警覺，一面對我揮著空拳一面後退。

「阿克婭是怎麼了？平常懶散的程度和和真一樣的妳為什麼突然變成這樣？」

「嗯嗯。好吧，那個祭司引發的騷動也已經平息，我確實也擔心咱們接下來大概不會太常出任務沒錯……不過阿克婭怎麼會突然變成這樣啊？」

聽她們兩個這麼問，阿克婭頓時語塞。

「就是……冒、冒險者的義務與責任……之類的嘛……」

「「「…………」」」

「…………之類的嘛…………」

在我們三個人的注視之下，阿克婭越說越小聲。

「身、身為冒險者，知道社會大眾碰上麻煩……嗚嗚……哇、哇啊啊——！」

承受不了的阿克婭就此逃跑。

「——阿克婭突然間是怎麼了啊？」

吃完午餐之後，惠惠一邊喝茶一邊對我這麼說。

達克妮絲也一臉不解地拿著紙巾擦拭嘴角。

「不用管她。她好像是正義感突然爆發，得了想打倒魔王的病一直好不了。」

「「魔王！」」

「唔喔！」

聽見魔王兩個字，兩人突然有了反應。

「魔王是吧！很好啊，要討伐魔王是吧！為了鞏固吾之最強封號，就去宰他一下好了。」

逮捕賽蕾娜的工作和真一個人就解決了，打倒忍忍的工作也一下子就結束了，我正覺得不過癮呢。」

妳哪時變成最強了來著？

應該說，不要說得好像只是去一下便利商店就回來似的好嗎。

「魔王……魔王是吧……他的攻擊一定很厲害吧……說不定我引以為傲的鎧甲也會被他一招就破壞掉……」

還有個臉頰微微泛紅，宛如懷夢女子般露出恍惚表情的變態。

現在說這種話好像也太遲了，不過這麼說來她們兩個就是這樣。

「姑且把話說在前頭，我不去喔。不要因為接連解決了幾個魔王軍幹部，就產生奇怪的誤解喔。真要說的話，我們這個小隊算起來是沒用的那邊喔。所以…………就算妳們用那種閃亮亮的眼神看我，我也絕對不可能去喔。」

「──真是的，那個傢伙是怎樣啊？」

當天晚上。

我在自己的房間裡，枕著雙臂陷入沉思。

真是的，那個傢伙在想什麼啊？

沒錯，是我硬是把她帶來這個世界的，能回去的話她當然想回去吧。

可是居然這麼輕易就想回去，未免太薄情了吧。

難道我們的關係就那麼淺薄嗎？這讓我有點受到打擊。

……不，惠惠表示，最近這陣子賽蕾娜將鎮上的人們變成傀儡，導致大家不再需要阿克婭，似乎讓她意志消沉得很嚴重。

一定是因為加上這些因素的緣故吧。

那個傢伙也不是那麼不知道動腦的笨蛋……

…………

……或許，純粹只是因為知道天界再次對她有所需求而得意忘形，對於回去之後就見不到大家之類的事情，大概沒有想那麼多。

也罷，女神大概有女神的感性和想法吧。

基本上，那個傢伙好歹也是確實有信徒在崇拜的神祇。

再怎麼說，我們之間也有相處了這麼久的孽緣。

如果那個傢伙真心冀望的話，區區的魔王……

區區的……魔王……

……不可能啦。

——後來不知道睡了多久之後。

我依稀聽到有聲音從遠方傳來。

「…………………選出的…………你的手上…………………」

聽起來是那麼的令人心曠神怡。

總覺得，自信不斷從內心深處湧現……

「眾神選出來的…………偉大的傳奇勇者…………」

沒錯，我就是眾神選出來的傳奇…………

……傳奇勇者？

我不經意地睜開眼睛。

接著便感覺到有人在我耳邊低聲呢喃的呼吸。

「眾神選出的偉大的傳奇勇者，佐藤和真啊……人類的命運，全都操之在你的手上……起來吧，現在就為了打倒魔王而站起來吧……並且實現嬌弱且美麗的女神的心願吧……！」

我不經意地看向旁邊，便和在我耳邊低聲呢喃的阿克婭對上了眼。

「……妳在幹嘛？」

「……我、我突然想看看和真先生……可愛的睡臉……」

我撥開棉被跳了起來。

「惠惠、達克妮絲，妳們過來一下——！阿克婭跑來對我夜襲——！」

「哇啊啊啊啊啊啊啊——！對不起，我是想洗腦你啦——！」

4

「吶，和真，你看一下這個。」

賽蕾娜遭到逮捕之後已經過了三天。

警方似乎已經問出大部分的情報，即將護送賽蕾娜到王都的監獄去。

然後，我一直覺得對蕾吉娜這個名字有點印象，而事到如今我終於想起來了。

之前去驅除一個名叫幽魂露西的亡靈時，她崇拜的女神就叫這個名字。

當時我聽說露西是最後一個蕾吉娜教徒，沒想到魔王軍裡還有信徒……

露西也好，賽蕾娜也罷，蕾吉娜女神的信徒一個個都被我打倒了，不過我也曾經暫時變成信徒，所以希望她能夠原諒我。

現在，我打著赤腳盤腿坐在豪宅大廳的沙發上，整理著裝備。

每次去冒險的時候我都準備了魔藥、卷軸等等的東西，但是到頭來一次都沒用過。

我從以前開始就是這種人，在打電動的時候也一樣，總是捨不得用高效能的恢復道具，一直到最後打完大魔王也都沒用掉。

我看著巴尼爾塞給我的問題道具禁忌魔藥系列，思索著有沒有辦法有效應用這些東西。

達克妮絲也同樣坐在沙發上，在一旁興致勃勃地望著我擺出來的裝備，這時，阿克婭遞了一張紙過來。

……？

我放下手邊的工作，從阿克婭手上接過那張紙。

達克妮絲也和我一起看起那張紙的內容。

紙上以非常漂亮的字跡寫著這樣的標題。

【魔王的好感度調查問卷】

「……總覺得魔王這兩個字聽起來有點帥氣（麵包店老闆）。感覺他會瞞著部下偷偷餵養野生的龍（寵物店的人）。問那個不如借我錢（小混混）。我說要離開魔王城出來開店，他就說這是好事一樁還借我錢（臉色很差的老闆）。比起魔王，吾更強上許多（不值得參考）。我老婆才叫魔王（一臉倦容的大叔）。呃……這是什麼？」

「啊啊！不對，不是那個！那個是不可以給你看的調查問卷統整！」

那樣已經不能叫做調查問卷了吧。

「好了，你看看這個！這上面寫滿了鎮上的居民們因為魔王而承受了多少痛苦，感到多麼害怕！」

阿克婭一邊這麼說一邊再次遞出一張紙，而我心不甘情不願地接了過來。

「……在這個城鎮開了店卻一個客人也沒有上門。雖然不是很清楚，不過我覺得大概是魔王害的（色色的店的老闆）。魔王讓我害怕到晚上也睡不著所以我都睡午覺。也因為這樣我想工作也辦不到。我還在當啃老族也是魔王害的（男性尼特）。都怪魔王真的存在，害得我們家的神明一點都吸引不了人（破壞神的信徒）。好可怕好可怕，魔王好可怕，還有冰得透心涼的尼祿依德也好可怕（劇場的人）。我交不到女朋友都是魔王不好（中年男性）。我交不到男朋友都是魔王不好（冒險者大姊姊）……我再問妳一次，這是什麼？」

聽我這麼問，阿克婭露出驚愕的表情，以浮誇的動作向後退。

「竟有此事！和真，你這個人聽見這麼多鎮民們煩惱的心聲也沒有任何感覺嗎！你就是這樣才會被說成是寡廉鮮恥的蕩婦包養的尼特小白臉啦！」

「嗚、喂，妳剛才說的那個我不能假裝沒聽到喔，妳說什麼？那該不會是我在傀儡化的時候被取的綽號吧？」

阿克婭沒有理會我的發言，指著我的鼻子說：

「身為一個冒險者，你都不覺得羞恥嗎？在和真像這樣和達克妮絲你儂我儂的時候，世界上的人們都懼怕著魔王！快道歉！說自稱冒險者我很抱歉，快道歉啊！向全世界的人們道歉！」

「我、我才沒有和他你儂我儂，我只是在看和真在做什麼罷了！」

說到這裡，阿克婭總算對我正在做的事情產生了興趣。

「這是什麼——？」

「是巴尼爾給我的禁忌魔藥系列。有喝下去一輩子都會被魔物團團包圍的魔藥，還有以毛囊全部死光換取魔力大幅提升的魔藥、失去所有魔力換取等級大幅提升的魔藥。剩下的好像是能夠吸引異性但是體味會變成哥布林臭味的魔藥。我在想有沒有辦法善加利用這些。」

感覺能用的就只有毛囊死光魔藥和提升等級魔藥的組合了吧。

依序喝下這兩種魔藥，就能夠利用提升過後的魔力一舉提升等級。

但是，副作用是個大問題。

不但會因為失去魔力而無法使用魔法，更註定會禿頭。

在緊要關頭能夠一口氣變成高等級是很值得感恩的功效，但恢復魔法能不能治禿頭是個問題。

不對，在那之前沒辦法使用魔法也是個大問題……

這時，也不管阿克婭聽見功效之後不禁為之退縮，達克妮絲迅速把臉湊了過來。

「喂，和真，把那瓶會被魔物圍住的魔藥賣給我。」

「想都別想。」

5

我們接到了護送賽蕾娜去王都的委託。

王都那邊要準備接收，護送也要準備，所以還得花上一段時間。

由於有了如此冠冕堂皇的理由，我便問心無愧地繼續過著尼特生活。

「咕嘰咕咕——————！」

……原本應該是這樣才對。

「咕嘰——！咕、咕、咕、咕！」

「爵爾帝不可以！不可以吵鬧！那個男人動不動就吵著說應該把你當晚餐宰來吃！他真的會動手。鬼畜和真先生真的會動手！聽好嘍，快點變回聽話可愛又乖巧的那個時候吧。雄赳赳氣昂昂的你確實也非常高貴而美麗，但是不可以從這麼一大早就大吵大鬧。沒錯，討伐魔王需要身為龍族的你的力量。你還得更加成長茁壯，長大到足以載著我們飛的大小才行，所以在那之前你要先乖乖儲備力量。」

「咕嘰──────！」

「爵爾帝，不可以，要保持安靜！」

「妳還比較吵吧！大清早的是在幹嘛，給我安靜下來──────！」

我從床上跳了起來，打開窗戶發飆。

我的房間正下方，就是爵爾帝的小屋。

而阿克婭和爵爾帝在那裡吵鬧個不停。

「那個傢伙不是擁有超強的魔力，所以從小雞狀態長到大得花上很長的時間嗎！為什麼已經變為成雞了啊！」

「這個孩子可是充滿謎團的超生物──龍族耶。一定是為了打倒魔王這個使命而燃起熱血，憑藉神奇的力量成長了吧。」

在雞窩裡吃著阿克婭餵的飼料的爵爾帝，不知為何從小雞轉職為高品質的雞肉了。

「什麼神奇的力量啊，竟敢唬弄我！妳要是再不讓那隻雞閉嘴的話，我就把牠變成晚餐！」

聽我這麼說，阿克婭露出驚愕的表情，像是在表達我竟然說出這種話來。

「爵爾帝，我在這裡絆住那個惡魔，你趕快逃！別管我了，快逃吧！然後等到你成長茁壯之後，我們再一起踏上討伐魔王之旅吧！要小心三丁目的肉店大叔喔！」

「咕嘰，咕、咕……」

「啊啊，爵爾帝！你是說你沒辦法丟下我自己走嗎？好吧，我們一起對抗那個惡魔！身為你的母親，我會好好保護你的！」

阿克婭來了這麼一段奇怪的小劇場，然後把爵爾帝從雞窩裡撈出來抱在懷裡。

「隨便你們要怎麼樣，讓我安安靜靜的睡個覺好嗎？拜託。真的算我拜託妳。」

「那麼，你不會再說要吃爵爾帝了吧？」

「我知道了。我不說就是了，不過相對的妳要把雞窩搬到別的地方去。」

聽我對她這麼說，阿克婭便雙手將爵爾帝舉到眼前，對牠說要去找力氣比較大的達克妮絲搬雞窩。

我幾乎可以看見達克妮絲被交代這種不可能的任務而哭喪著臉的模樣。

「……不過，妳這個傢伙還在提魔王啊。該死心了吧。魔王城那種地方，現在還有魔王的女兒這個魔王軍幹部留在裡面，想必也有一大堆怪物菁英吧。那種危險的事情交給其他強者們，我們就悠閒度日吧。放心啦，一定會有別人設法解決的。現在已經得到豪宅、名聲、財富了，我們的人生接下來才要開始吧？」

把手肘撐在窗框上從二樓往下看的我這麼說，讓阿克婭抱著爵爾帝搖頭嘆氣。

「耽於和平的日本人就是這樣……為什麼你們老是只往好的方向想呢？就是因為想法那麼天真，和真先生才會一直死，都死到讓人家很想問你的興趣是不是模仿地底探險的主角了呢。」

阿克婭把爵爾帝舉到自己的視線高度，看著牠的眼睛問：「對不對——？」

這個傢伙，我最大的死因是為了要照顧妳們啦。

阿克婭以為我在二樓就無法對她出手，把想說的話都說了出來。

「耽於和平也該有個限度。現在這個世界正處於戰爭狀態。聽說接下來王都還會遭受魔王女兒率領的大軍攻打喔。而且，就連這個城鎮也即將遭受敵人攻打，這種時……候……」

還說我耽於和平，沒感覺就是沒感覺啊。

這是長年習慣了和平生活的日本人的習性…………

……？

「妳、妳是怎麼了，嘴巴怎麼突然那樣不斷開合？說我的興趣是模仿地底探險的主角，自己倒是模仿起鯉魚來啦？以妳而言這個才藝太平凡了吧。」

我也在二樓模仿阿克婭，嘴巴不住開合。

阿克婭連忙將爵爾帝放回雞窩裡。

「不是啦！沒錯，就是魔王！吶，和真，現在正是打倒魔王的大好時機！」

她還在說那種話啊。

「啊、啊！等等！和真先生，別睡回籠覺，吶，聽我說！接下來魔王軍幹部、魔王的女兒要率領大軍去攻打王都的話，就表示魔王城會唱空城計！而且，他們還要順便攻打這個城鎮的話就表示……！他們因為有結界就會完全放心，而派大軍過來！在大軍全都出來之後再發動襲擊的話，城堡裡面可能就只剩下魔王了！因為，只要有結界就不需要留任何人看家了對吧！如果要去直搗黃龍找魔王麻煩的話，應該再也沒有比這個更好的機會了吧！」

……的確，比起在平常進攻，或許是多了一點機會……

「話是這麼說沒錯啦……啊，我想問妳一下，恢復魔法能治療禿頭嗎？」

「如果毛囊是因為燒燙傷而死光的話也就算了，一般而言是治不好的喔……抱歉了和真，幫不上你的忙……」

「我還沒禿好嗎！禁忌魔藥系列裡面有一瓶是用禿頭換取魔力提升的對吧！我只是在想能不能喝了那個之後，再喝下將魔力轉換為等級的魔藥而已！」

我差點就要被冠上禿頭嫌疑，便拚命解釋。

「沒了喔。」

「……？什麼東西沒了？」

這時阿克婭抱起爵爾帝，秀給我看。

「將魔力轉換為等級的魔藥，已經給這個孩子了喔。看看牠這身強健的體魄。照這樣下去，再過十年就可以輕鬆宰掉魔王了吧。」

同時還自豪地這麼說……

「啥——！妳這！妳這個傢伙，居然把有可能成為最後王牌的魔藥餵給那種東西了嗎！妳怎麼可以笨成這樣啊！為什麼老是愛顛覆別人的計畫啊！」

「怎、怎樣啦，不要那麼生氣嘛！人家只是想說如果爵爾帝提升等級之後急速長大，應該連魔王都能設法解決掉而已嘛！你看，實際上牠不也變成這副看起來很強的模樣了嗎！」

我從高處俯視著阿克婭抱在懷裡的雞肉。

「……哼。」

然後嗤之以鼻。

「——你們兩個大清早的在吵什麼啊？和真，早餐已經準備好了…………你、你看起來玩得很開心嘛……」

來房間叫我的達克妮絲看著我們，悠哉地這麼說。

「妳住手喔！要是窗戶破洞了會跑蚊子進來耶！妳敢打破窗戶的話我就要跟妳交換房間，直到修好為止！『Wind Breath』！」

「用魔法太奸詐了！那麼不想要我打破窗戶的話，你就更積極協助我討伐魔王啊！」

阿克婭撿起掉在庭院裡的石頭，朝著窗戶丟過來。

而我則是用風魔法擊落她丟的石頭。

然而，再這樣下去對我不利。

「『Create Water』！」

阿克婭的頭上突然冒出水，嘩啦一聲淋在她身上。

然而變成落湯雞的阿克婭卻帶著神清氣爽的表情驕傲地說：

「你什麼不好用，偏偏用清涼的水是想討好我這個水之女神嗎？你忘記了嗎？對我而言就算在水中過生活也稱不上是痛苦。如果是更冷一點的季節姑且不論，這種伎倆對我而言只是獎賞……」

我在阿克婭把話全部說出口之前。

「『Create Earth』！」

「不、不可以來這招————！」

以大量的土從上方撒在被水潑得一身濕的阿克婭身上。

——弄哭阿克婭之後，我心滿意足地走下樓，來到一樓的大廳。

在大廳裡的是身穿紅魔族長袍，手上緊緊握好法杖，完全進入備戰狀態的惠惠，坐在沙發上喝著茶。

「終於等到你了，和真。等你吃完早餐之後，陪我走一趟可以嗎？我有件事情要辦，想請你在場見證。」

黏了一身土的阿克婭正在洗澡，達克妮絲則是在幫阿克婭洗她唯一的一件羽衣。

「可以是可以……不過見證是怎麼回事？說得像是要去決鬥似的。」

6

「我們是朋友吧！吶，難道我們不是朋友嗎！不是摯友嗎！不久之前，我們的感情不是才好到在紅魔之里宣誓要當永遠的競爭對手嗎，為什麼事情會變成這樣啊！」

「就是因為我們宣誓要當永遠的競爭對手啊！寫信過來說有重要的事情要告訴我，希望我到森林來的是妳自己吧！好了，快點放馬過來吧！」

在城鎮附近的廣大森林當中。

一臉快要哭出來的芸芸，手心對著惠惠，害怕地抓動著手指，而與之對峙的惠惠則是氣燄高張地揮舞著法杖。

「什麼嘛，原來是芸芸找妳決鬥啊。」

「不是！並不是喔！這不是決鬥，我只是有事情要告訴惠惠，所以叫她出來罷了！」

聽我這麼說，芸芸差點沒哭出來，而惠惠依然揮舞著法杖嚇唬她。

「如果是這樣的話，為什麼要叫我來這種杳無人煙的地方！有事情直接來我們家不就好了嗎！」

「咦！可、可是……如果在和真先生和妳兩個人氣氛正好的時候打擾到，妳一定會叫我不准再去妳們家……書上也寫說，女人之間的友情，在碰上戀愛的時候比面紙還要輕……」

聽惠惠那麼說，芸芸毫無自信地如此表示，還越說越小聲。

「我們平常就被各式各樣的人打擾，事到如今才不會因為那種小事而生氣呢！而且要是時機不對，或是真的打擾到我們的話，到時候我會挑明了叫妳走人把妳趕走好嗎！」

「咦！」

這樣感覺傷害更大吧。

「所以，到頭來妳找惠惠到底有什麼事？」

聽我這麼說，芸芸對惠惠遞出一封信。

「紅魔之里那邊送了這個過來……」

接過信的惠惠瀏覽了起來。

「……魔王軍即將傾全力攻打王都。由於國家發函要求吾等協防王都，各地的紅魔族速速聚集至紅魔之里，是吧……呵呵，所以需要吾之力量的時刻終於到來了啊。好吧！芸芸，那麼我們就一起去對付魔王軍那……些…………」

還在看信的惠惠說到這裡，頓時不再說下去。

芸芸見狀，顯得有些尷尬。

「那個……上面寫說姑且也給惠惠看一下……所、所以……」

我湊到動也不動的惠惠身邊，從一旁探頭偷看那封信。

上面寫著……

「……喔，芸芸的名字寫在一軍的最前面啊，不愧是繼任族長呢。惠惠嘛……名字在二軍的最角落啊。而且只有惠惠旁邊寫了（候補）耶。」

「惠惠不會用上級魔法，一定是因為這樣才會備註候補…………啊啊啊————！」

惠惠把手上的信紙摺成紙飛機，射進森林裡。

「妳這是在幹嘛！那封信還得拿給其他紅魔族看耶！」

芸芸對惠惠如此抗議，但惠惠本人依然不以為意。

「那種事情無所謂啦。更重要的是芸芸，妳打算怎麼做？才剛來到阿克塞爾，妳又要回故鄉去了嗎？」

聽惠惠這麼問，芸芸不知該如何回答。

一副有話想說卻又說不出口的樣子。

帶著這樣的態度，芸芸忸忸怩怩了一陣子。

「妳這個女孩真是夠了！明明正式成為繼任族長了，為什麼還老是那麼不乾不脆的啊！有事情想說就說清楚講明白啊！」

「好痛好痛！我說我說，我說就是了，不要拉我的頭髮！就……就是……我聽說魔王的手下也會來這個城鎮……妳知道的，我在這個城鎮也多了不少朋、朋……認識的人嘛……」

芸芸一邊低著頭如此嘟噥，一邊繞著雙手的手指。

……啊啊，這樣啊。

「雖然村里的人叫妳回去，但是妳在這個城鎮也有了朋友，可以的話妳想留下來，保護這個城鎮是吧。」

「咦！啊……是、是的，是朋、朋友……因為我交到了幾個朋友……！」

她所謂的朋友該不會是指那些傢伙吧？

最近，芸芸經常和幾個不太應該扯上關係的人混在一起。

那幾個不太應該扯上關係的人，就是某個小混混和某個沒什麼客人上門的魔道具店的面具店員。

芸芸用力點了好幾次頭，不久之後表情多了幾分陰影。

「可是，紅魔之里不會隨便召集族人。既然這次發出了不會隨便發出的召集令，身為繼任族長總不能忽視……」

……原來如此，所以她才來找惠惠商量該怎麼辦啊。

至於她商量的對象惠惠，面對的卻不是芸芸所在的方向……嗚、喂！

「等一下，惠惠，妳想幹嘛……！」

我還來不及阻止，惠惠已經大喊了。

「『Explosion』——————！」

突然飛向森林的爆裂魔法。

爆裂魔法將剛才惠惠折成紙飛機的信紙飛過去的地方夷為平地……

「啊——！妳這是在幹嘛啊，惠惠！那封信還沒給其他人看過耶！怎麼辦，這下該如何是好……！」

芸芸抱著頭大吵大鬧了起來。

而施展了魔法的惠惠則是露出跩到不能再跩的表情轉身過來面對我，一副快要倒下去的樣子。

我撐住她，為她灌注魔力之後。

「怎樣啊，和真？這就是應該列為一軍的真正紅魔族的實力！」

惠惠充滿自信地這麼說，而芸芸哭喪著臉對這樣的惠惠咄咄相逼。

「怎、怎麼辦？吶，我應該如何是好？應該說，為什麼惠惠每次都做這種會造成我的困擾的事情啊……！」

「吵死了，妳這個膽小鬼！那封信就當作郵差被野生的半獸人抓住，或者是被家裡養的山羊型惡魔吃掉了，隨便瞎扯個理由就好了啊！妳想保護這個城鎮對吧？芸芸還是不要想東想西的顧慮一大堆，把神經養粗一點比較好！」

惠惠的發言實在太過於蠻不講理，然而芸芸卻紅著臉，露出一種看起來很傷腦筋，同時又有那麼一點高興的微妙表情。

惠惠強制處理掉那封信藉此推她一把，似乎讓她有那麼一點高興。

芸芸以崇拜的眼神看著抬頭挺胸，一副沒人奈何得了她的惠惠，靦腆一笑。

的確，我也覺得她稍微學一下惠惠堅持己見的特質比較好。

我確實這麼覺得……

但我還是對著惠惠的背影說了。

「妳是因為自己被當成候補成員，才決定不去的對吧。」

「！」

惠惠用力抖了一下。

最終章 與新手鎮揮手訣別！

1

「……格……葛……格，該起床了……」

被子好重。

而且，總覺得可以聽見遠方傳來一個聲音。

聲音聽起來非常溫柔，還說著我盼望已久的台詞……

「葛格快起床！要遲到了喔！起床，趕快趕快！」

葛格。

那甜美的詞彙，讓我不經意地睜開眼睛。

「葛格早安！好了，我們今天也要朝氣十足地去討伐魔王喔！」

隔著被子，年齡不詳的自稱妹妹跨坐在我身上這麼說……

「滾開──────！」

「葛格──！」

我一邊站起來一邊抓住床單的角落用力一拉，將被子上的阿克婭整個人從床上拋飛。

看也沒看滾下床的阿克婭一眼，我直接蓋著被子再次在床上躺好。

接著我從被子底下探出頭，瞄了倒在地毯上的阿克婭一眼。

「……今天這招還算不錯。」

「看來要對付和真先生這種蘿莉控，葛格攻勢果然非常管用。」

阿克婭一邊這麼說一邊站了起來。

──最近這陣子，阿克婭每天都是這種感覺。

每天都用盡各種手段，試圖叫我去討伐魔王。

「吶，和真，我覺得你是時候該讓步了吧。在大家搞出問題的時候，再怎麼欲哭無淚最後還是會幫大家設法解決，這才是和真先生的優點吧？」

「妳該不會把我看成和能夠實現任何要求的藍色狸貓一樣了吧？照道理來說，妳好歹也是女神，妳才是最後應該設法解決的那一個吧。」

面對我的諷刺，阿克婭依然是一臉滿不在乎的表情，在床邊席地而坐。

接著更是直接抱著膝蓋，穩穩坐在地毯上。

「我辦得到的事情，也只有淨化水源，驅除惡魔和不死怪物，再來就是復活了吧。女神這種存在，並不是真的那麼高高在上，也沒什麼了不起。」

「妳、妳這個傢伙終於決定要賴了是吧。身為女神，妳連一個魔王都封印不了嗎？封印邪惡之類的也算是女神的工作吧？」

阿克婭抱著膝蓋，盯著棉被底下有我的下半身的地方看。

「現在的我能夠封印的，頂多就只有那個邪惡的存在了吧。」

「住、住手喔……拜託妳住手，我也沒辦法啊，早上就是這樣。更、更重要的是……」

我試圖轉移話題，躺著面對阿克婭。

「即使就現在的狀況看來，也在不知道能不能勉強破解的邊緣的話，不如再打倒一名魔王軍幹部，到時候以妳的力量就能夠確實解除魔王城的結界了吧？如果是這樣，不如就等到那個時候吧。」

身分不明的魔王軍幹部還剩下一個。

「我記得最後一個幹部是魔王的女兒對吧？我不知道她有多強，不過她要攻打的好歹也是王都，我不覺得那個傢伙能夠全身而退。王都那裡應該有一堆開外掛的傢伙晃來晃去才對。而且再怎麼說，那裡也有世界最強的我的妹妹在。等到魔王的女兒反遭討伐之後，我們再拜託這個國家的高官派強大的護衛帶我們去解除結界。如果這個國家的強者們都輸了，到時候我們再另外想辦法吧。」

雖然這完全就是在抱大腿，不過我辦得到的事情頂多也只有這樣。

狀況和之前那些靠運氣才好不容易解決掉的問題不同。

我們既不是英雄也不是勇者。

不如說，比起隨便一個正常的小隊，我們根本是一票廢柴。

廢到之前不曾全軍覆沒過都令人匪夷所思的程度……

「幹部。再一個魔王軍幹部……」

阿克婭抱著膝蓋，嘴裡唸唸有詞。

……？

「喂，妳到底是怎麼……」

「沒錯！只要再一個魔王軍幹部！再打倒一個魔王軍幹部的話，就能夠確實解除結界！

如此一來，八成會有人去收拾掉魔王才對！沒錯！就是這樣！」

阿克婭突然站了起來，脫口說出這種話……

喂，難不成！

「我出去一下！」

「喂，混帳等等！妳給我等一下！」

阿克婭不聽我的制止，衝出我的房間。

——我追著一大早就衝出豪宅的阿克婭，來到了目的地。

雖然不太甘心，不過那個傢伙的腳程比我快，這就是所謂的基本能力值差距。

「維茲在哪裡！不准窩藏她，快把她交出來——！」

「汝這個不聽人說話的傢伙！吾不是說翹班老闆不在店裡嗎！吾也在找那個不盯著就不會進正常貨品的廢物老闆……混、混帳！夠了，放開吾的面具！」

不出我所料，維茲的店裡傳出這樣的吵鬧聲。

看來維茲不在店裡。

我走進店裡，只見阿克婭抓著巴尼爾的面具大鬧特鬧，試圖將面具扯下來。

巴尼爾一邊劇烈抵抗，一邊看著走進店裡的我。

「咕唔唔唔歡迎光臨！飼主快想辦法管教這個瘋狗女神！」

「不要把飼主的責任推到我頭上來喔，麻煩死了。維茲不在啊。應該說，妳這樣人家要怎麼說話啊，放手啦。」

聽我這麼說，阿克婭心不甘情不願地把手放開。

「我說古怪惡魔。如果你的能力真的有那麼厲害，而且不是在詐欺的話，就透視一下維茲現在人在哪裡啊。」

「哼，蠢材。諸神才是號稱全知全能卻派不上任何用場。不准將汝等那種形同詐欺的誇大廣告與吾之能力混為一談。應該說吾以前不也說過嗎，擁有強大力量的對象難以透視。那個廢物老闆雖然沒有做生意的才能，力量倒是相當強大。」

巴尼爾一邊整理凌亂的衣領一邊這麼說。

「瞧你說得一副多了不起的樣子，換句話說就是不知道嘛。你在重要的時候真的是完全派不上用場呢。我自己說這種話好像也怪怪的，不過你這樣根本就比我還廢吧。」

「……好吧，吾就展現一下許久沒有拿出來的真功夫好了。跟吾到外面去，今天正是和可恨的神祇做個了結的時候。」

這兩個傢伙的感情真的很差呢……

這時，站在店門口的我感覺到背後有一股氣息。

我轉過頭去，看見的是……

「啊，是和真先生和阿克婭大人，歡迎光臨！兩位來得正好。其實是這樣的，我進了很有趣的東西喔……！」

說著，維茲露出幸福的笑容，跟在她背後的企鵝也遞出他抱在懷裡的紙袋給我看。

巴尼爾見狀，整個人僵住。

阿克婭似乎立刻產生了興趣，走到企鵝身旁看著紙袋裡面的東西。

沒理會像是被蛇盯上的青蛙一樣動彈不得的企鵝，我代替同樣動也不動的巴尼爾問道：

「所以……妳買了什麼？」

「這個問題問得太好了！」

維茲興高采烈地拿出紙袋裡面的東西給我看。

她拿在手上的東西是……

「……晴天娃娃？」

「晴天娃娃是什麼啊？這是能夠控制天氣的強大魔道具。只要將這個掛在屋簷底下，就能夠強制將天氣變成晴天！想使出控制天氣的魔法，原本必須透過漫長的儀式並且大量使用稀有的觸媒才能夠實現。現在只要把這個掛起來就可以了！如何？是不是很厲害啊？很厲害對吧！」

很厲害。

是很厲害沒錯啦。

「……然後呢，那個有沒有什麼缺點？比方說，用了之後會有十年左右的時間不再下雨……或是消耗的魔力非常龐大之類的……」

「才沒有什麼副作用呢。一天到晚被巴尼爾先生罵，我也學到很多好嗎！使用的時候，必須由具備某種程度的魔力的人親手灌注魔力之後再掛到屋簷底下。再來就是能夠使用的季節有限而已，沒有任何缺點！如何？你們是不是覺得我買了一樣非常好的東西啊？」

原本僵在原地的巴尼爾緩緩朝這邊走過來。

接著輕輕拎起維茲自豪地亮給我們看的，那個看起來和晴天娃娃沒有兩樣的東西說：

「所以，能夠使用這個道具的季節是哪個季節？」

「就是現在！是限定在現在這個季節使用的商品！好不容易買來了卻無法立刻使用的話怎麼行呢，我才不會犯那種錯呢！巴尼爾先生真是愛操心。」

「…………客人，借一步說話。」

留下笑容滿面的維茲，巴尼爾抓著我的肩膀來到店裡的一角。

「……先跟你說喔，我不買。」

「別這麼說嘛。吾可以感覺到這個破爛……完美的商品上面，確實散發出強大的魔力。性能方面應該沒有任何虛假。」

原來如此，既然這個傢伙都那麼說了，性能應該屬實吧。

聽說維茲在進貨的時候，都是依據商品的魔力強弱來挑選。

不過，我有個疑問。

「……最近這陣子，我一直沒有下過雨的印象。這一帶在現在這個季節會下雨嗎？」

「……約莫二十年前，在同樣的季節，有那麼一天下過一場小雨。」

「我不買。」

巴尼爾將面具湊到斷然拒絕的我面前。

「別這麼說嘛，這個世界如此廣闊，說不定有哪個地區在這個季節有缺雨的困擾。帶到那種地方去的話，這東西肯定會變得極為珍貴。現在買的話，還附贈禁忌魔藥第二彈喔。」

「我不買。應該說，我們家阿克婭也做得出類似的道具啊。很久以前她還做了惠惠版的晴天娃娃。」

「不僅如此，再多送汝下一季的主力商品，瞞著老闆開發的等身大性感老闆抱枕。」

「我不…………喂，說清楚一點。」

正當我和巴尼爾在店裡的角落說著這些的時候。

「請問……？妳怎麼了嗎，阿克婭大人？」

我聽見維茲不解地這麼問——

「——維茲。回想起來，我遇見妳之後已經過了一年以上的時間了呢。真是諷刺啊……我是女神，而妳是巫妖。照理來說，我們之間應該是不容並存的關係才對！」

「已經過這麼久了啊……啊，我剛才去買魔道具的時候順便買了餅乾。阿克婭大人也要吃嗎？」

「來一點吧……不是啦。吶，維茲。看來，我們似乎走得太近了。照理來說，在遇見妳的那一天就立刻淨化妳才是我的職責。沒錯，因為我們是神祇與不死者，是絕對不容並存的關係……！」

阿克婭一邊啃著維茲給她的餅乾，一邊說出這種話。

察覺到緊張的氣氛，巴尼爾大步走了過去，站到維茲和阿克婭之間，吉祥物企鵝……正確說來是絕雷西爾特也一邊顫抖一邊移動到維茲身旁。

……我想阿克婭應該不是認真的吧。

巴尼爾擋在阿克婭面前護著維茲，同時猖狂地揚起嘴角。

「怎麼，暴力女神啊，現在的汝身上散發著危險的氣息喔。吾不知道發生了什麼事，不過汝打算在這間店裡亂來的話，吾在索取修繕費用的時候一定會大敲竹槓。汝最好是有所覺悟再放馬過來。」

說完，巴尼爾勾了勾右手的食指，挑釁阿克婭。

不過，阿克婭完全不理會這樣的巴尼爾。

「維茲……希望妳明白，我不打倒妳就無法守護世界的和平！妳是我的朋友，要打倒妳我也很心痛！可是維茲，拜託妳！我想回天界去！我不會弄痛妳的，妳乖乖回歸塵土吧！」

阿克婭一邊略嫌浮誇地說著這種誇張的台詞，一邊對維茲擺出架勢。

至於維茲，她並沒有害怕的樣子，只是愣在那裡。

不久之後，她偏了頭。

「……我回歸塵土的話，阿克婭大人就可以回天界了嗎？」

然後輕描淡寫地這麼說。

「沒錯！太遺憾了維茲，這次因為事關重大，我沒辦法縱放妳了！妳想恨我儘管恨吧，可是，我身為女神……！」

「可以啊。」

「身為女神……！…………可以嗎？應該說，妳這樣不對喔維茲，不可以那麼輕易放棄活下去。妳把生命當成什麼了？小心遭天譴喔。」

說要打倒維茲的妳沒資格說吧，或是身為巫妖的維茲哪有什麼生命可言之類的。

儘管阿克婭這番話充滿了吐嘈點，維茲依然是一臉毫不矯飾地楞在那邊。

「我被淨化之後，阿克婭大人就可以回天界了對吧？雖然我不太清楚狀況，不過其中一定有什麼苦衷吧？我們都相處這麼久了，我很清楚，阿克婭大人其實非常仁慈又溫柔……既然這樣的阿克婭大人說要淨化我的話，我悉聽尊便。」

聽維茲沒頭沒腦的說出這種話，這次輪到巴尼爾慌張了起來。

「這是什麼話啊，維茲！汝該不會是忘記吾等之間的約定了吧！與惡魔締結了契約居然想毀約，真是好大的膽子！要是汝升天了還有誰能打造吾的地城！吾之所以在店裡工作至今，全都是為了這個啊！」

聽見這番話，維茲先是驚訝了一下，隨即嫣然一笑。

「巴尼爾先生，你這次總算願意叫我的名字了呢。沒辦法遵守約定我很抱歉……這樣吧，雖然對方現在在位於茂密的森林之中的宅邸裡面長眠，不過我還認識一位巫妖。我介紹那位巫妖給你就是了，還請你就此見諒……」

聽維茲如此表示，巴尼爾用力咬牙切齒。

然後，他似乎還無法接受，遲遲沒有從阿克婭和維茲之間退開。

於是維茲隔著擋在中間的巴尼爾重新面對阿克婭，雙手在身前互握，露出微笑。

「照理來說，我在當初遇見妳的時候便遭到淨化才是理所當然的事情。謝謝妳一直放我一條生路到現在，阿克婭大人。託妳的福，我才能像這樣和巴尼爾先生一起經營這間店，還認識了各式各樣的人。我已經活了非常久，不過這一年是我的人生當中最開心的一段時光。我是說真的喔。所以，我感謝妳都來不及了，怎麼會恨妳呢。」

「…………」

巴尼爾聽了維茲這番話，不發一語地輕身退開。

見他依然緊緊咬著牙，似乎是依然無法接受，但還是決定尊重維茲的意志吧。

「我之所以開了這間店，是為了迎接過去一起冒險的夥伴，把這裡當作大家能夠回來的家。不過，就在不久之前……對了，就是阿克婭大人詢問我和巴尼爾先生之間的過去，結果聽到一半就開始午睡的那個時候。那時我最重要的同伴來到這間店，我也對他們說了歡迎回來……所以，我已經非常滿足了。」

至於阿克婭……

「嗚……嗚嗚……」

聽見出乎意料的回應，她一臉快要哭出來的樣子，不斷退後。

看見這樣的阿克婭，維茲以安撫孩童般的嗓音對她傾訴：

「阿克婭大人，我遲早會被人淨化。否則，我就會一直活下去，直到永遠。然後，既然總有一天會被淨化的話，我比較希望是阿克婭大人淨化我。如果這樣能夠幫上妳的忙的話，我很樂意。而且……」

維茲帶著毫無虛假的平靜表情，像是要讓阿克婭放心似的，同時又像是要消除她的罪惡感似的。

「因為，我很喜歡阿克婭大人。」

說完，維茲露出溫柔的微笑

我、巴尼爾和絕雷西爾特都不由自主地看向阿克婭。

同時維茲露出擔心的表情，只是對象並非自己，而是阿克婭。

或許是禁不起眾人這樣的目光吧……

「嗚……嗚嗚……哇、哇啊啊啊啊啊——！」

承受不了良心的苛責的阿克婭，從店裡奪門而出。

2

……這個城鎮最溫柔又最善良的人物居然是巫妖。一邊煩惱著我們身為人類這樣真的可以嗎，同時我也回到豪宅來找阿克婭。

在豪宅裡，達克妮絲和惠惠正在大廳的沙發上玩著桌遊。

「吶，阿克婭回來了嗎？」

「阿克婭嗎？她剛才氣勢驚人地衝了回來之後，就把自己關在房間裡面了。我告訴她午餐煮好了她也不願意離開房間。到底發生什麼事了？」

聽惠惠這麼說，我低吟了一下。

怎麼辦，是不是應該讓她獨處一下啊？

……不對。

「這很難解釋……把阿克婭的午餐給我，我端去房間給她。」

我從惠惠手上接過食物之後，便前往阿克婭的房間。

「——喂～妳的心情我是了解啦，不過也不用這樣自己先跑回來吧——惠惠幫大家煮了午飯，開門吧。」

「…………不要理我。我現在有那麼一點點失去了身為女神的自信。」

……只有那麼一點點啊。

我隔著門，再次對阿克婭喊話：

「吶……妳別再想著要討伐魔王不就好了嗎？有必要為了回天界而那麼努力嗎？」

「…………」

再怎麼說，阿克婭應該也不討厭維茲才對。

雖然阿克婭動不動就找維茲的麻煩，或是和巴尼爾打架的時候波及到她，害她差點被淨化之類的，一直以來讓她吃了不少苦頭。

……儘管如此，她們雖然在光譜的兩端，兩人之間的感情卻不差。

我再次喊話：

「……要是妳回去天界，就再也見不到維茲了喔，妳懂不懂啊？」

當然，也見不到我們了。

……不對，艾莉絲女神偶爾會變成克莉絲到地上來玩，所以其實還見得到嗎？

不過，換成阿克婭的話不知道會怎麼樣。

這個傢伙好像是負責日本的女神。

這樣的阿克婭能夠隨隨便便來到這個世界嗎？

裡面沒有回應，門前一片寂靜。

我對阿克婭喊話：

「……我幫妳把惠惠煮的午餐端來了，妳不吃的話我就端下去了喔。」

「…………午餐隨便放著就好。」

飯倒是要吃是吧。

「——阿克婭是怎麼了？平常她是第一個坐到餐桌旁邊來的人耶。是不是肚子痛啊？」

回到大廳，擔心的惠惠這麼問我。

她對面的達克妮絲雙手抱胸，帶著苦思的表情不住低吟，看來遊戲是惠惠占上風。

「妳別放在心上。她姑且是有打算吃我端過去的東西的樣子。連那些也吃完之後，用不了多久她就會餓到下樓來了吧。」

我一派輕鬆地這麼說，但最後，阿克婭到了晚上還是沒有離開房間。

3

我睡不著。

時間已經過了深夜了吧。

今晚連蟲鳴聲也很少聽到，是個安靜的夜晚。

像今天早上那樣的騷動並不稀奇。

阿克婭大吵大鬧給大家添麻煩，最後哭著回來。

這樣的事情時常發生，可以說是一如往常。

然而，不知怎地，今天特別令我掛心。

我問阿克婭是不是不在乎再也見不到維茲，門後的阿克婭默不作聲。

其實維茲只是個幌子，我真正想問的是更進一步的事情。

我想問的是「是不是不在乎和我們分隔兩地」。

…………

……………………

「啊啊啊啊啊啊啊啊啊啊啊！」

我在被子上不斷打滾。

我怎麼會想到那麼丟臉的事情啊？害我把臉埋進枕頭裡掙扎個不停。

不對不對，我其實是想這麼問才對。

我想問她都已經在這裡待這麼久了，事到如今還想回去嗎？

既然已經習慣了這幾個人在一起的生活了，事到如今生活中如果少了阿克婭，我也有點無法想像會怎樣。

阿克婭要是回去了。

不在這裡了。

……如此一來會變成怎樣？

我和惠惠還有達克妮絲三個人一起過生活。

依然坐擁鉅款和豪宅，再也不會有阿克婭鬧脾氣或是惹出問題，更不會在氣氛正好的時候進來搗亂……

…………奇怪？

我在煩惱什麼來著，都開始覺得這樣的生活並不壞了。

……不、不對不對。

聽見這些的話，阿克婭再怎麼樣都會哭出來吧。

應該說，要是那個傢伙不在的話，總覺得會很無聊。

沒錯，或許再也不會產生問題，但也會每天無所事事吧。

可是，阿克婭不知道是怎麼想的。

最根本的問題是，為什麼我還得為了阿克婭鬧失眠，到了這個時間還睡不著啊？

越想越不爽。

嗯，越想越悶了。

「…………」

我用力掀開被子，站了起來。

雖然已經這麼晚了，不過還是叫醒那個笨蛋，好好逼問她吧。

問完了再諄諄教誨她一番。

告訴她去打倒魔王有什麼風險，還有從中得到的好處少到多可憐。

我走出房間，移動的時候盡可能避免發出聲響。

我想她們大概已經睡著了，不過要是在這個時間被惠惠或是達克妮絲發現，讓她們誤以為我是要夜襲阿克婭的話會非常麻煩。

不，不只是麻煩，這個誤會肯定會成為佐藤和真一生最大的敗筆。

我甚至發動了潛伏技能，偷偷摸摸地前往阿克婭的房間……

——阿克婭卻出現在我眼前，仰望著夜空。

前往阿克婭的房間的途中。

豪宅的二樓，正面大門上面的部分是露台，而現在阿克婭人在露台坐著。

今晚有非常漂亮的滿月。

阿克婭身上披著平常那件淺水藍色的羽衣，抱著膝蓋坐著，仰望著月亮發呆。

該怎麼說呢，我原本是打算吵醒她才像這樣跑到這裡來的……

然而靜靜仰望著月亮的阿克婭，單就外表而言確實是個女神。

這麼說來，我在日本死掉之後第一次見到這個傢伙的時候，只看了一眼就能夠理解到她是女神。

那副模樣，真的美到了極點……

我起了一個念頭。

要是這個傢伙平常就不說話該有多好。

我在稍遠的地方看著阿克婭，這時她似乎也發現到我了。

「……你在那種地方做什麼啊？睡不著嗎？」

聽阿克婭這麼說，我一臉彆扭地一邊抓著頭一邊來到露台上。

總不能說是在偷看她吧，該怎麼辦呢？

尤其是看她仰望月亮的模樣看到出了神，這種話絕對不能說。

要是說了她肯定會得意忘形。

所以，我說出和心裡想的完全沒有關係的話語。

「……沒有啦，白天有點睡太久了……我才想問妳在幹嘛，小心被蚊子咬喔。」

阿克婭背對著我，一邊說「和真先生依然是個自甘墮落的廢人呢——」一邊繼續仰望著月亮發呆。

……………

「妳這個滿腦子只有吃的傢伙望著月亮幹嘛啊？天界有月亮嗎？妳們和輝夜姬該不會是同一掛的吧？」

「才不是呢。只是因為月色很美所以才在看而已。我從以前就很想說了，你到底把我當成什麼了？我有時候也是會欣賞美麗的事物的好嗎。如何？仰望月亮的女神是不是美得像幅畫啊？」

確實美得像幅畫。

不但美得像幅畫，老實說，更讓我有點再次確認到這個傢伙果然是女神。

不過我當然不會說出口。

「……吶，妳就那麼想回天界嗎？來到這裡之後，幾經波折也過了一年以上了吧。妳也認識了各式各樣的人，要是見不到那些傢伙妳不會覺得很寂寞嗎？」

「…………………」

阿克婭沒有回答我的問題，繼續仰望著月亮。

不久之後，依然背對著我的她開始喃喃自語，像是在唸著獨白。

「才過了短短一年左右呢——總覺得這種感覺非常奇妙。在天界，我明明和天使們還有其他諸神度過了更久遠的時間。在這裡的生活，該怎麼說呢，每天都過得高潮迭起。」

我們之所以過得那麼高潮迭起，多半都妳害的就是了。

這句台詞都已經湧到喉頭來了，但我還是硬生生吞了回去。

取而代之的，我說的是……

「妳說在天界的時候過了更久遠的時間，所以妳果然是老太……」

「如果你打算繼續說下去，我就會對你的下半身施加以人類的力量永久無法解除的封印喔。」

我有生以來第一次打從心底對阿克婭感到恐懼。

阿克婭繼續說著獨白般的話語：

「天界那個地方，只是一直持續著沒什麼變化的每一天。——一直都沒有變化。老實說，那裡很無聊……不過相對的，沒有變化就表示也不會感到難過。」

感到難過。

她大概是指之前冒險者們態度大變的時候吧。

想著這些的我什麼也說不出口，保持沉默。

「後來，許多鎮民都來向我道歉，不過該怎麼說呢，我這個女神早就沒放在心上了。」

聽妳在說謊，惠惠她們都已經告訴我了，那次事件讓阿克婭相當沮喪。

……這時，仰望著月亮的阿克婭輕聲低語。

她的側臉看起來並不寂寞，也不覺得悲傷。

只是像在遠方仰望著自己原本應該待的地方，宛如迷路的小孩一般，帶著像這樣的茫然表情。

「……好想回去喔…………」

那不是在對我說。

並不是在催促我，也不是在鬧脾氣，只是阿克婭的一個微小的心願。

我不知道這個傢伙在天界待了多久。

也不知道她在那邊認識怎樣的人，有怎樣的朋友。

還有過的又是怎樣的生活，我什麼都不知道。

……硬是把這個傢伙帶過來的是我，如果她本人如此冀望的話也該是我將她送回去吧。

雖然我不太願意這麼想，不過沒辦法再送新的外掛戰士過來，也形同是我害的。

不過話說回來，魔王是吧……

……我該對她說什麼呢？

「……該怎麼說呢，我願意稍微，稍微而已喔，積極一點考慮討伐魔王的事情就是了……話雖如此，我可不會親自去打倒他喔。比方說，去維茲的店裡採購大量的爆炸系魔藥，用來製造大量爆裂物。然後，用瞬間移動魔法移動到魔王城附近去，像地雷一樣埋在周圍。然後，就可以讓他們出不了城，圍到他們斷糧。其他像是叫芸芸把魔王城附近登記為瞬間移動魔法的目的地，每天都去發爆裂魔法煩他們之類的……」

聽了有點越說越快的我的這番話。

「……噗哧哧！原本那麼抗拒的和真終於開始妥協了呢！看吧，果然到了最後，和真先生還是會幫我們想辦法的嘛……不過，還是算了。和真原本就已經夠孱弱的了，以你現在的等級要是挨了魔王的攻擊，搞不好會連足以復活的肉體都不剩了呢。」

這、這個混帳。

這個傢伙老是這樣，總是愛多補一句廢話。

我離開露台回到走廊上，對著阿克婭的背影說：

「我這麼孱弱還不是因為要了妳來代替外掛能力的緣故。如果我弱，就代表妳不中用，所以妳罵我的話都會回到妳身上，這點可要搞清楚喔。懂了沒，廢物女神？」

「吶，我想幫你施加封印耶，你過來一下嘛。」

「非常抱歉。」

要是我繼續待在這裡，她搞不好真的會一時不爽就施加封印。

面對依然在露台上不打算移動的阿克婭，我只叫她要早點睡，便打算回自己的房間……

在我轉身準備離開的時候，依然抱著膝蓋的阿克婭開了口。

視線還是落在月亮上的她對我說：

「和真先生、和真先生。」

我原地站定。

「……？幹嘛啦？」

看向依然背對著我的阿克婭。

「……佐藤和真先生。你覺得被送到這個世界來是好事嗎？會不會感到後悔？」

阿克婭這麼問我。

我還在日本的時候，是個前途茫茫的家裡蹲。

這樣的我現在已經小有積蓄，連家都有了，而且還有異世界的美少女們喜歡我，可以說是達成了一大壯舉。

被賽蕾娜殺掉的時候，我確實試著在艾莉絲女神面前鬧脾氣說我不想回來。

不過我不但很感謝阿克婭，事到如今更沒有絲毫後悔。

即使這是一個環境如此嚴苛，又不太像樣的世界。

「有什麼好後悔的。我很慶幸能夠來到這裡。」

聽我這麼說，阿克婭輕輕呼了一口氣，似乎打從心底感到放心。

對於將阿克婭帶到這個世界來，我是有那麼一點罪惡感，而這個傢伙或許也是，對於把我送到這個世界來，同樣也有那麼一點在意吧。

「那就好……晚安嘍。不要因為仰望月色的我太美了就冒出邪念，等一下開始做奇怪的事情喔。要是做了那種事情小心遭天譴喔。」

「想都沒想過。」

在我如此秒答之後，阿克婭開始唸唸有詞，說什麼「被這樣秒答反而讓我有點火大，還是封印一下……」之類的，內容相當危險。

聽見那番話的我連忙逃回自己的房間。

回到自己的房間躺在床上，我還是睡不著覺，腦子不斷打轉。

……魔王是吧……

再怎麼說都不可能吧。

如果有什麼能夠輕鬆打倒他的好方法就好了。

……不對不對，還是太勉強了。

可是，慢慢想的話總會想到一兩個好方法…………

想到這裡，我忽然察覺到一件事。

我怎麼會認真思考著討伐魔王這回事啊？

我閉上眼睛試圖甩開這種愚蠢的想法，就這麼準備入睡。

沉浸在睡意漸深的舒適感當中，我迷迷糊糊地想著。

這個想法之前並沒有那麼強烈，不過……

——我想要足以和魔王分庭抗禮的，名為外掛的力量——

「喂，和真！和真，起床了！快點起床！」

聽見這個聲音，我立刻睜開眼睛。

大概是沒有睡得很沉，我的意識立刻就甦醒了。

似乎是達克妮絲用力搖晃著我，大聲把我叫醒了。

…………

我再次閉上眼睛，抱住達克妮絲，順勢翻過身……

「啊唔啊唔，我吃不下了……」

「混、混帳！你明明就醒了吧！啊啊，等……！等等……………！」

……被我抱住的達克妮絲最後不再抵抗，害得原本只是想鬧她一下的我，因為不知道該怎麼辦而傷透腦筋的時候。

「……妳在做什麼啊……我是要妳來叫和真起床耶！真是的，只要我稍微一不注意馬上就會引誘這個男人，妳這個女色狼！」

「！不不不、不是——！我什麼都還沒……！」

看來惠惠也進房間來了，所以我睜開眼睛。

理所當然的，就和被我抱著的達克妮絲對上了眼。

「……妳又來偷襲我了嗎！」

「啊啊！你、你這個傢伙……！」

我放開因為蒙受冤屈而一臉欲哭無淚，卻又紅著臉的達克妮絲，一邊伸懶腰一邊詢問她們兩個。

「妳們怎麼兩個人都跑來了。大清早的吵死人了。」

「已經中午了！別說這個了，大事不好了！你看這個！」

挺起上半身坐在床上的我，看著惠惠遞過來的東西。

是一封信。

我打開信一看，信上的字漂亮到不行。

『敬啟者　季節已經來到清爽的初夏。各位最近過得還好嗎？

達克妮絲，故意踢櫃子角的遊戲還是應該適可而止比較好。

惠惠，爆裂魔法最好克制一下，否則在終將到來的全球暖化現象發生的時候，可能會被當成原因之一。

和真，我了解你不知道該如何控制自己的性慾，不過你也差不多該改掉把大家的換洗衣物鋪到地板上然後在上面滾來滾去的壞習慣了。』

看到這裡，我把信紙揉成一團，甩到房間的角落。

「「啊啊！」」

惠惠把被我丟出去的信紙撿了回來。

「你的心情我懂，不過請你好好看到最後。」

聽她這麼說，我無奈地繼續看了下去。

『言歸正傳。如今魔王在這個荒廢的世界囂張跋扈。在這樣的狀況下，身為美麗動人的女神，本小姐能夠放著魔王不管嗎？

不，當然辦不到。

世界上有虔誠的阿克西斯教徒散布在各地。

為了回應信仰本小姐的十億信眾，我要踏上旅程。

沒錯，為了成為傳說……』

看著信的我抬起頭來，詢問她們兩個。

「……阿克西斯教徒有十億那麼多嗎？」

「……即使集合全世界的信徒，頂多也只有幾百個吧？」

聽達克妮絲這麼說，我放心地再次看向那封信。

『事情就是這樣，為了如此崇高的目的……！

我要去討伐一下魔王。』

我在床上站了起來。

「那個笨蛋……！」

達克妮絲看見我慌張的樣子表示：

「……阿克婭最近這陣子有把和真給她的零用錢一點一點存了起來，現在手頭上應該有金額不小的一筆錢才對。或許，她是想在路上僱用武藝高超的冒險者吧……」

聽達克妮絲這麼說，我從床上跳了下去。

我們得立刻追上去才行……！

——這時，我看見她們兩個臉上那種有點為難的微妙表情，覺得不太對勁。

見我歪頭不解，惠惠指了指信紙的角落。

於是我看了過去……

上面有著仔細看才稍微看得出來的，寫了什麼東西又擦掉的痕跡。

她大概是寫了這個，後來覺得很遜才擦掉的吧。

『附言。請來找我。』

……寫的還不是「請不要找我」喔。

————那個笨蛋。

後記

首先，感謝各位拿起本書。

這一集是身為主角的佐藤和真的反擊故事。

我們的主角平常並不會主動挑起爭端，即使要戰鬥也一直借用隊友的力量。

這樣的他因為看見阿克婭失落的表情便隻身挑戰幹部，即使被洗腦依然抗戰到底……！

我想應該不會有太多讀者從後記開始看才對，不過要爆雷的話大概是這種感覺吧。

大致上無誤。

事情就是這樣，這一集能夠順利出版，都是以畫師三嶋くろね老師為首，I責編、美編與校閱，還有編輯部的各位同仁與相關人員，最重要的，也是支持這部作品至今的所有讀者的功勞。

如此這般，依照每一集的慣例……

在此向參與本書系製作工作的各位，以及所有的讀者，致上最深的感謝！

暁 なつめ

後　記。

思考留書內容的阿克婭女神。

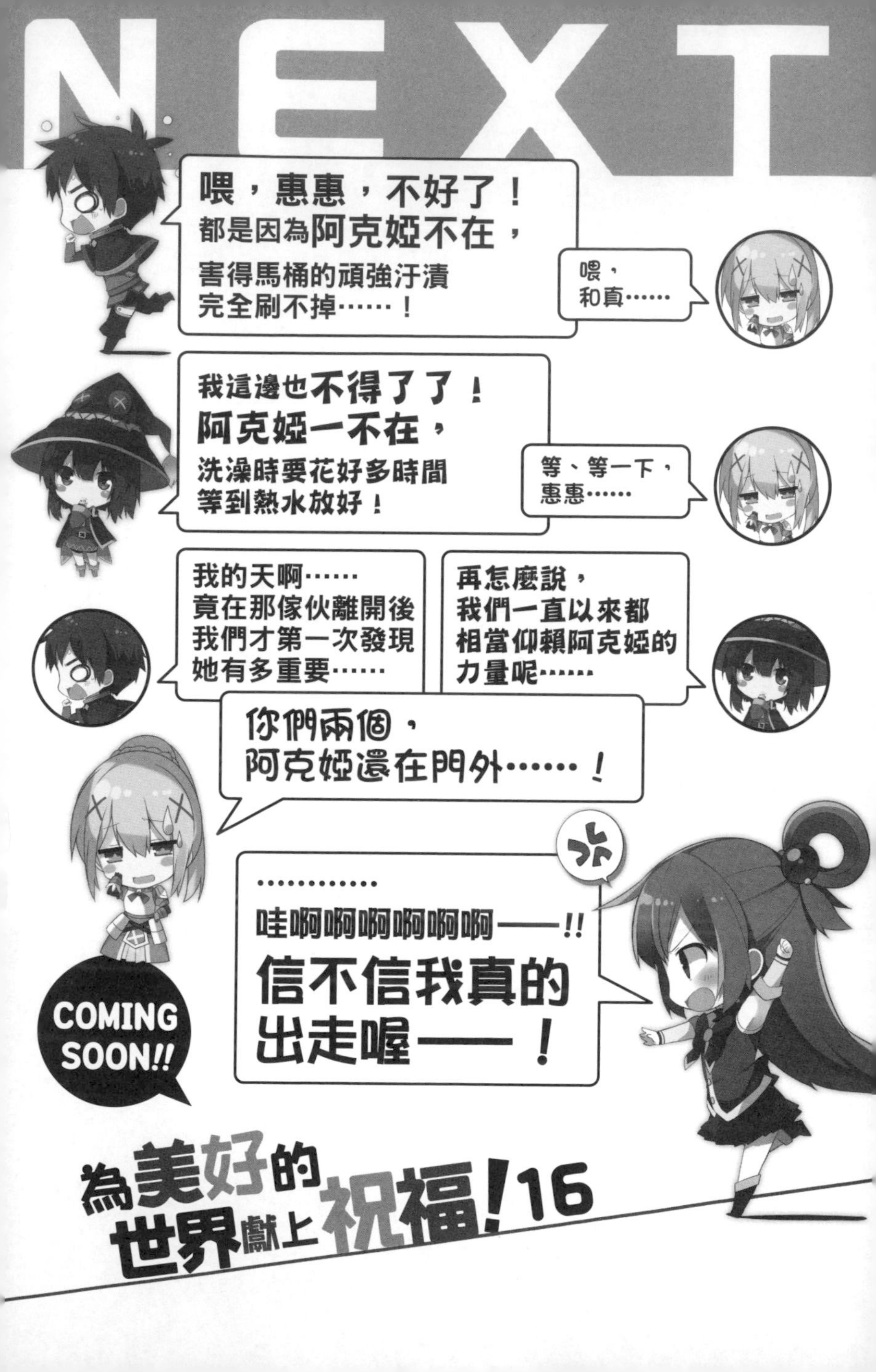
NEXT
喂，惠惠，不好了！都是因為阿克婭不在，害得馬桶的頑強汙漬完全刷不掉……！
喂，和真……
我這邊也不得了了！阿克婭一不在，洗澡時要花好多時間等到熱水放好！
等、等一下，惠惠……
我的天啊……竟在那傢伙離開後我們才第一次發現她有多重要……
再怎麼說，我們一直以來都相當仰賴阿克婭的力量呢……
你們兩個，阿克婭還在門外……！
…………
哇啊啊啊啊啊啊——!!
信不信我真的出走喔——！
COMING SOON!!
為美好的世界獻上祝福！16

國家圖書館出版品預行編目資料

為美好的世界獻上祝福!. 15, 邪教症候群 / 暁なつめ作 ; kazano譯.
-- 初版. -- 臺北市 : 臺灣角川, 2019.12
面 ;　公分
譯自 : この素晴らしい世界に祝福を!. 15, 邪教シンドローム
ISBN 978-957-743-438-8(平裝)

861.57　　108017543

Kadokawa Fantastic Novels

為美好的世界獻上祝福！ 15
邪教症候群

（原著名：この素晴らしい世界に祝福を！ 15 邪教シンドローム）

2019年12月16日 初版第1刷發行
2024年5月20日 初版第7刷發行

作者：暁なつめ
插畫：三嶋くろね
譯者：kazano

發行人：台灣角川股份有限公司
總監：呂慧君
總編輯：蔡佩芬
主編：林秀儒
副主編：楊鎮遠
設計指導：陳晞叡
印務：李明修（主任）、張加恩（主任）、張凱棋、潘尚琪
發行所：台灣角川股份有限公司
地址：104台北市中山區松江路223號3樓
電話：（02）2515-3000
傳真：（02）2515-0033
網址：www.kadokawa.com.tw
劃撥帳戶：台灣角川股份有限公司
劃撥帳號：19487412
法律顧問：有澤法律事務所
製版：尚騰印刷事業有限公司
ISBN：978-957-743-438-8